Shakespeare

莎士比亚剧本插图珍藏本
Illustrated Shakespeare

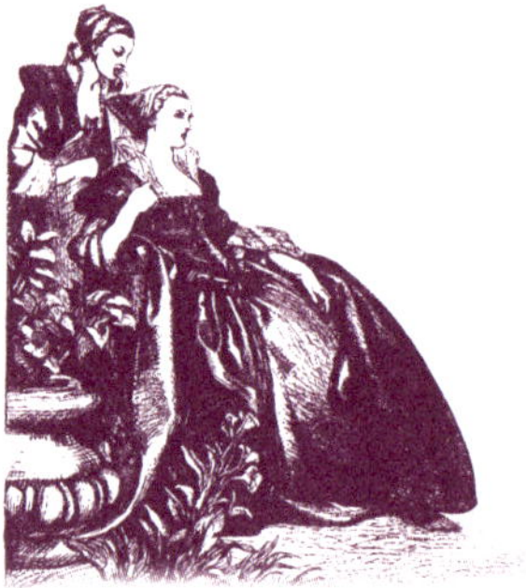

第十二夜
TWELFTH NIGHT

[英国] 威廉·莎士比亚 著

[英国] 约翰·吉尔伯特爵士 插图

朱生豪 译

图书在版编目(CIP)数据

第十二夜/(英)莎士比亚(Shakespeare,W.)著;(英)吉尔伯特绘;朱生豪译.—北京:人民文学出版社,2012
(莎士比亚剧本插图珍藏本)
ISBN 978-7-02-009043-3

Ⅰ.①第… Ⅱ.①莎… ②吉… ③朱… Ⅲ.①喜剧—剧本—英国—中世纪 Ⅳ.①I561.33

中国版本图书馆 CIP 数据核字(2012)第 047654 号

责任编辑	马爱农
装帧设计	何　婷
责任印制	史　帅

出版发行	人民文学出版社
社　　址	北京市朝内大街 166 号
邮政编码	100705
网　　址	http://www.rw-cn.com
印　　刷	北京诚信伟业印刷有限公司
经　　销	全国新华书店等
字　　数	53 千字
开　　本	720×1020 毫米　1/32
印　　张	5.5　插页 2
印　　数	1—10000
版　　次	2012 年 11 月北京第 1 版
印　　次	2012 年 11 月第 1 次印刷
书　　号	978-7-02-009043-3
定　　价	21.00 元

如有印装质量问题,请与本社图书销售中心调换。电话:01065233595

TWELFTH NIGHT.

剧 中 人 物

奥西诺　伊利里亚公爵

西巴斯辛　薇奥拉之兄

安东尼奥　船长,西巴斯辛之友

另一船长　薇奥拉之友

凡伦丁 ┐
丘里奥 ┘ 公爵侍臣

托比·培尔契爵士　奥丽维娅的叔父

安德鲁·艾古契克爵士

马伏里奥　奥丽维娅的管家

费边
费斯特　小丑 ┘ 奥丽维娅之仆

奥丽维娅　富有的伯爵小姐

薇奥拉　热恋公爵者

玛利娅　奥丽维娅的侍女

群臣、牧师、水手、警吏、乐工及其他侍从等

地　　点

伊利里亚某城及其附近海滨

第 一 幕

第一场　公爵府中一室

公爵、丘里奥、众臣同上；乐工随侍。

公　　爵　假如音乐是爱情的食粮，那么奏下去吧；尽量地奏下去，好让爱情因过饱噎塞而死。又奏起这个调子来了！它有一种渐渐消沉下去的节奏。啊！它经过我的耳畔，就像微风吹拂一丛紫罗兰，发出轻柔的声音，一面把花香偷走，一面又把花香分送。够了！别再奏下去了！它现在已经不像原来那样甜蜜了。爱情的精灵呀！你是多么敏感而活泼；虽然你有海一样的容量,可是无论怎样高贵超越的事物,一进了你的范围,便会在顷刻间失去了它的价值。爱情是这样充满了意象,在一切事物中是最富于幻想的。

丘里奥　殿下,您要不要去打猎?

公　爵　什么,丘里奥?

丘里奥　去打鹿。

公　爵　啊,一点不错,我的心就像是一头鹿。唉!当我第一眼瞧见奥丽维娅的时候,我觉得好像空气给她澄清了。那时我就变成了一头鹿;从此我的情欲像凶暴残酷的猎犬一样,永远追逐着我。

　　　　凡伦丁上。

公　爵　怎样!她那边有什么消息?

凡伦丁　启禀殿下,他们不让我进去,只从她的侍女嘴里传来了这一个答复:除非再过七个寒暑,就是青天也不能窥见她的全貌;她要像一个尼姑一样,蒙着面幕而行,每天用辛酸的眼泪浇洒她的卧室:这一切都是为着纪念对于一个死去的哥哥的爱,她要把对哥哥的爱永远活生生地保留在她悲伤的记忆里。

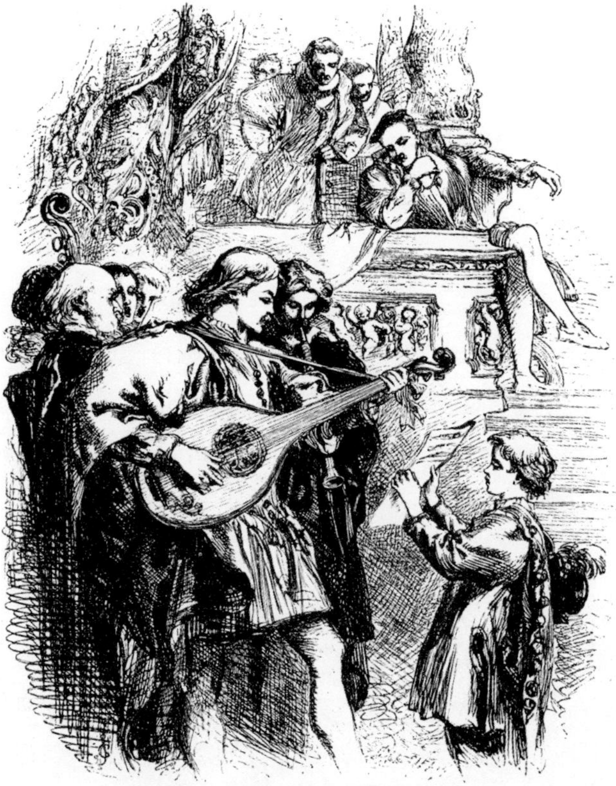

第十二夜

公　爵　唉！她有这么一颗优美的心,对于她的哥哥也会挚爱到这等地步。假如爱神那支有力的金箭把她心里一切其他的感情一齐射死;假如只有一个唯一的君王占据着她的心肝头脑——这些尊严的御座,这些珍美的财宝——那时她将要怎样恋爱着啊!

给我引道到芬芳的花丛;

相思在花荫下格外情浓。(同下。)

第二场　海　滨

薇奥拉、船长及水手等上。

薇奥拉　朋友们,这儿是什么国土?

船　长　这儿是伊利里亚,姑娘。

薇奥拉　我在伊利里亚干什么呢？我的哥哥已经到极乐世界里去了。也许他侥幸没有淹死。水手们,你们以为怎样?

船　长　您也是侥幸才保全了性命的。

薇奥拉　唉,我的可怜的哥哥！但愿他也侥幸无恙!

船　　长　　不错，姑娘，您可以用侥幸的希望来宽慰您自己。我告诉您，我们的船撞破了之后，您和那几个跟您一同脱险的人紧攀着我们那只给风涛所颠摇的小船，那时我瞧见您的哥哥很有急智地把他自己捆在一根浮在海面的桅樯上，勇敢和希望教给了他这个计策；我见他像阿里翁①骑在海豚背上似的浮沉在波浪之间，直到我的眼睛望不见他。

薇奥拉　　你的话使我很高兴，请收下这点钱，聊表谢意。由于我自己脱险，使我抱着他也能够同样脱险的希望；你的话更把我的希望证实了几分。你知道这国土吗？

船　　长　　是的，姑娘，很熟悉；因为我就是在离这儿不到三小时旅程的地方生长的。

薇奥拉　　谁统治着这地方？

船　　长　　一位名实相符的高贵的公爵。

薇奥拉　　他叫什么名字？

---

① 阿里翁（Arion），希腊诗人和音乐家，传说他在某次乘船自西西里至科林多，途中为水手所迫害，因跃入海中，为海豚负至岸上，盖深感其音乐之力云。

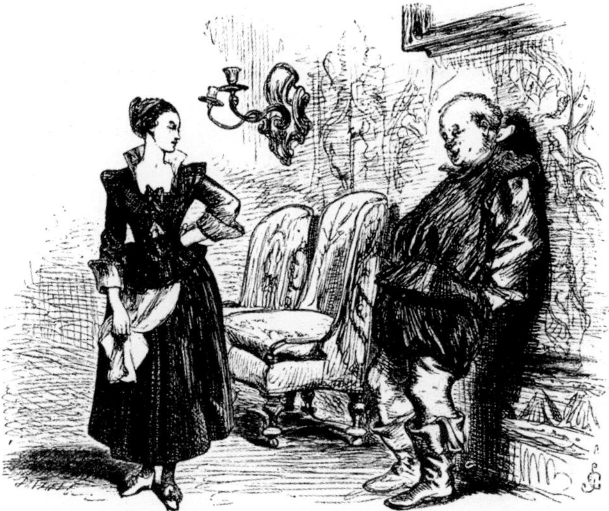

第 十 二 夜

船　长　奥西诺。

薇奥拉　奥西诺！我曾经听见我父亲说起过他；那时他还没有娶亲。

船　长　现在他还是这样，至少在最近我还不曾听见他娶亲的消息；因为只一个月之前我从这儿出发，那时刚刚有一种新鲜的风传——您知道大人物的一举一动，都会被一般人纷纷议论着的——说他在向美貌的奥丽维娅求爱。

薇奥拉　她是谁呀？

船　长　她是一位品德高尚的姑娘；她的父亲是位伯爵，约莫在一年前死去，把她交给他的儿子，她的哥哥照顾，可是他不久又死了。他们说为了对于她哥哥的深切的友爱，她已经发誓不再跟男人们在一起或是见他们的面。

薇奥拉　唉！要是我能够侍候这位小姐，就可以不用在时机没有成熟之前泄露我的身份了。

船　长　那很难办到，因为她不肯接纳无论哪一种请求，就是公爵的请求她也是拒绝的。

薇奥拉　　船长,你瞧上去是个好人;虽然造物常常用一层美丽的墙来围蔽住内中的污秽,但是我可以相信你的心地跟你的外表一样好。请你替我保守秘密,不要把我的真相泄露出去,我以后会重谢你的;你得帮助我假扮起来,好让我达到我的目的。我要去侍候这位公爵,你可以把我送给他作为一个净了身的侍童;也许你会得到些好处的,因为我会唱歌,用各种的音乐向他说话,使他重用我。

　　　　　以后有什么事以后再说;

　　　　　我会使计谋,你只须静默。

船　　长　我便当哑巴,你去做近侍;

　　　　　倘多话挖去我的眼珠子。

薇奥拉　　谢谢你;领着我去吧。(同下。)

第三场　奥丽维娅宅中一室

托比·培尔契爵士及玛利娅上。

托　　比　我的侄女见什么鬼把她哥哥的死看得那么重?

第十二夜

悲哀是要损寿的呢。

玛利娅　真的,托比老爷,您晚上得早点儿回来;您那侄小姐很反对您深夜不归呢。

托　比　哼,让她去今天反对、明天反对,尽管反对下去吧。

玛利娅　嗷,但是您总得有个分寸,不要太失身份才是。

托　比　身份!我这身衣服难道不合身份吗?穿了这种衣服去喝酒,也很有身份的了;还有这双靴子,要是它们不合身份,就叫它们在靴带上吊死了吧。

玛利娅　您这样酗酒会作践了您自己的,我昨天听见小姐说起过;她还说起您有一晚带到这儿来向她求婚的那个傻骑士。

托　比　谁?安德鲁·艾古契克爵士吗?

玛利娅　嗷,就是他。

托　比　他在伊利里亚也算是一表人才了。

玛利娅　那又有什么相干?

托　比　哼,他一年有三千块钱收入呢。

玛利娅　嗷,可是一年之内就把这些钱全花光了。他是个大傻瓜,而且是个浪子。

托　比　呸!你说出这种话来!他会拉低音提琴;他会不看书本讲三四国文字,一个字都不模糊;他有很好的天分。

玛利娅　是的,傻子都是得天独厚的;因为他除了是个傻瓜之外,又是一个惯会惹是招非的家伙;要是他没有懦夫的天分来缓和一下他那喜欢吵架的脾气,有见识的人都以为他就会有棺材睡的。

托　比　我举手发誓,这样说他的人,都是一批坏蛋,信口雌黄的东西。他们是谁啊?

玛利娅　他们又说您每夜跟他在一块儿喝酒。

托　比　我们都喝酒祝我的侄女健康呢。只要我的喉咙里有食道,伊利里亚有酒,我便要为她举杯祝饮。谁要是不愿为我的侄女举杯祝饮,喝到像抽陀螺似的天旋地转,他就是个不中用的汉子,是个卑鄙小人。嘿,丫头!放正经些!安德鲁·艾古契克爵士来啦。

安德鲁·艾古契克爵士上。

安德鲁　托比·培尔契爵士!您好,托比·培尔契爵士!

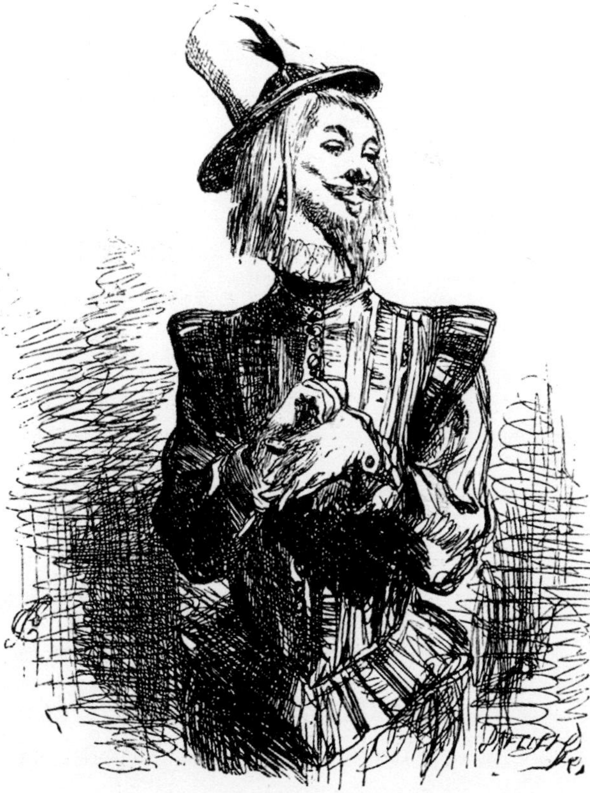

第十二夜

托　　比　　亲爱的安德鲁爵士!

安德鲁　　您好,美貌的小泼妇!

玛利娅　　您好,大人。

托　　比　　寒暄几句,安德鲁爵士,寒暄几句。

安德鲁　　您说什么?

托　　比　　这是舍侄女的丫环。

安德鲁　　好寒萱姊姊,我希望咱们多多结识。

玛利娅　　我的名字是玛丽,大人。

安德鲁　　好玛丽·寒萱姊姊,——

托　　比　　你弄错了,骑士;"寒暄几句"就是跑上去向她应酬一下,招呼一下,客套一下,来一下的意思。

安德鲁　　嗳哟,当着这些人我可不能跟她打交道。"寒暄"就是这个意思吗?

玛利娅　　再见,先生们。

托　　比　　要是你让她这样走了,安德鲁爵士,你以后再不用充汉子了。

安德鲁　　要是你这样走了,姑娘,我以后再不用充汉子了。好小姐,你以为你手边是些傻瓜吗?

玛利娅　大人，可是我还不曾跟您握手呢。

安德鲁　那很好办，让我们握手。

玛利娅　好了，大人，思想是无拘无束的。请您把这只手带到卖酒的柜台那里去，让它喝两盅吧。

安德鲁　这怎么讲，好人儿？你在打什么比方？

玛利娅　我是说它怪没劲的。

安德鲁　是啊，我也这样想。不管人家怎么说我蠢，应该好好保养两手的道理我还懂得。可是你说的是什么笑话？

玛利娅　没劲的笑话。

安德鲁　你一肚子都是这种笑话吗？

玛利娅　不错，大人，满手里抓的也都是。得，现在我放开您的手了，我的笑料也都吹了。（下。）

托　比　骑士啊！你应该喝杯酒儿。几时我见你这样给人愚弄过？

安德鲁　我想你从来没有见过；除非你见我给酒弄昏了头。有时我觉得我跟一般基督徒和平常人一样笨；可是我是个吃牛肉的老饕，我相信那对于我的聪明

第十二夜

很有妨害。

托　比　一定一定。

安德鲁　要是我真那样想的话,以后我得戒了。托比爵士,明天我要骑马回家去了。

托　比　Pourquoi①,我的亲爱的骑士?

安德鲁　什么叫 Pourquoi? 好还是不好? 我理该把我花在击剑、跳舞和耍熊上面的工夫学几种外国话的。唉! 要是我读了文学多么好!

托　比　要是你花些工夫在你的鬈发钳②上头,你就可以有一头很好的头发了。

安德鲁　怎么,那跟我的头发有什么关系?

托　比　很明白,因为你瞧你的头发不用些工夫上去是不会鬈曲起来的。

安德鲁　可是我的头发不也已经够好看了吗?

托　比　好得很,它披下来的样子就像纺杆上的麻线一样,我希望有哪位奶奶把你夹在大腿里纺它一纺。

---

① 法文:"为什么"之意。
② 原文鬈发钳(tongs)与外国话(tongues)音相近。

安德鲁　真的,我明天要回家去了,托比爵士。你侄女不肯接见我;即使接见我,多半她也不会要我。这儿的公爵也向她求婚呢。

托　比　她不要什么公爵不公爵;她不愿嫁给比她身份高、地位高、年龄高、智慧高的人,我听见她这样发过誓。嘿,老兄,还有希望呢。

安德鲁　我再耽搁一个月。我是世上心思最古怪的人;我有时老是喜欢喝酒跳舞。

托　比　这种玩意儿你很擅胜场的吗,骑士?

安德鲁　可以比得过伊利里亚无论哪个不比我高明的人;可是我不愿跟老手比。

托　比　你跳舞的本领怎样?

安德鲁　不骗你,我会旱地拔葱。

托　比　我会葱炒羊肉。

安德鲁　讲到我的倒跳的本事,简直可以比得上伊利里亚的无论什么人。

托　比　为什么你要把这种本领藏匿起来呢?为什么这种天才要覆上一块幕布?难道它们也会沾上灰尘,

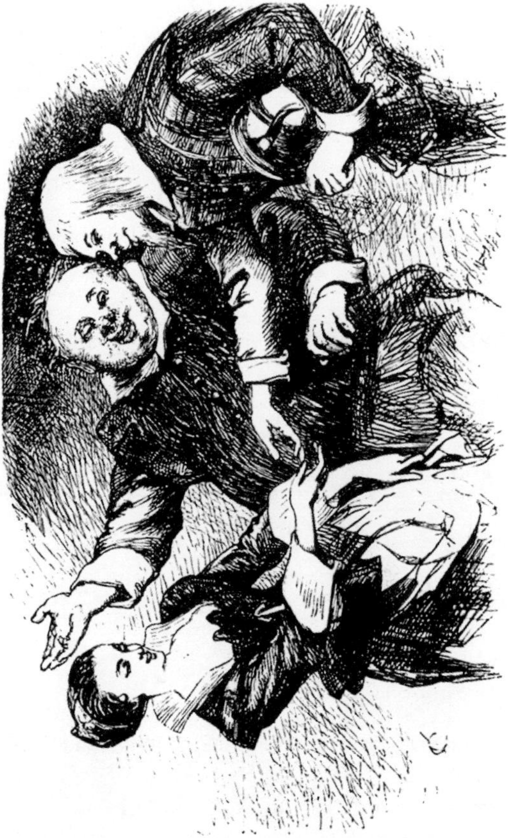

像大姑娘的画像一样吗?为什么不跳着"加里阿"到教堂里去,跳着"科兰多"一路回家?假如是我的话,我要走步路也是"捷格"舞,撒泡尿也是五步舞呢。你是什么意思?这世界上是应该把才能隐藏起来的吗?照你那双出色的好腿看来,我想它们是在一个跳舞的星光底下生下来的。

安德鲁　噉,我这双腿很有气力,穿了火黄色的袜子倒也十分漂亮。我们喝酒去吧?

托　比　除了喝酒,咱们还有什么事好做?咱们的命宫不是金牛星吗?

安德鲁　金牛星!金牛星管的是腰和心。

托　比　不,老兄,是腿和股。跳个舞给我看。哈哈!跳得高些!哈哈!好极了!(同下。)

第四场　公爵府中一室

凡伦丁及薇奥拉男装上。

凡伦丁　要是公爵继续这样宠幸你,西萨里奥,你多半就要高升起来了；他认识你还只有三天,你就跟他这样熟了。

薇奥拉　看来你不是怕他的心性捉摸不定,就是怕我会玩忽职守,所以你才怀疑他会不会继续这样宠幸我。先生,他待人是不是有始无终的？

凡伦丁　不,相信我。

薇奥拉　谢谢你。公爵来了。

公爵、丘里奥及侍从等上。

公　爵　喂！有谁看见西萨里奥吗？

薇奥拉　在这儿,殿下,听候您的吩咐。

公　爵　你们暂时走开些。西萨里奥,你已经知道了一切,我已经把我秘密的内心中的书册向你展示过了；因此,好孩子,到她那边去,别让他们把你摈之门外,站在她的门口,对他们说,你要站到脚底下生了根,直等她把你延见为止。

薇奥拉　殿下,要是她真像人家所说的那样沉浸在悲哀里,她一定不会允许我进去的。

公　爵　你可以跟他们吵闹,不用顾虑一切礼貌的界限,

第 十 二 夜

但一定不要毫无结果而归。

薇奥拉　假定我能够和她见面谈话了,殿下,那么又怎样呢?

公　爵　噢!那么就向她宣布我的恋爱的热情,把我的一片挚诚说给她听,让她吃惊。你表演起我的伤心来一定很出色,你这样的青年一定比那些面孔板板的使者们更能引起她的注意。

薇奥拉　我想不见得吧,殿下。

公　爵　好孩子,相信我的话;因为像你这样的妙龄,还不能算是个成人:狄安娜的嘴唇也不比你的更柔滑而红润;你的娇细的喉咙像处女一样尖锐而清朗;在各方面你都像个女人。我知道你的性格很容易对付这件事情。四五个人陪着他去;要是你们愿意,就全去也好;因为我欢喜孤寂。你倘能成功,那么你主人的财产你也可以有份。

薇奥拉　我愿意尽力去向您的爱人求婚。(旁白)

唉,怨只怨多阻碍的前程!

但我一定要做他的夫人。(各下。)

第五场　奥丽维娅宅中一室

玛利娅及小丑上。

玛利娅　不,你要是不告诉我你到哪里去来,我便把我的嘴唇抿得紧紧的,连一根毛发也钻不进去,不替你说句好话。小姐因为你不在,要吊死你呢。

小　丑　让她吊死我吧;好好地吊死的人,在这世上可以不怕敌人。

玛利娅　把你的话解释解释。

小　丑　因为他看不见敌人了。

玛利娅　好一句无聊的回答。让我告诉你"不怕敌人"这句话是怎么来的吧。

小　丑　怎么来的,玛利娅姑娘?

玛利娅　是从打仗里来的;下回你再撒赖的时候,就可以放开胆子这样说。

小　丑　好吧,上帝给聪明与聪明人;至于傻子们呢,那只好靠他们的本事了。

第十二夜

玛利娅　可是你这么久在外边鬼混,小姐一定要把你吊死的,否则把你赶出去,那不是跟把你吊死一样好吗?

小　丑　好好地吊死常常可以防止坏的婚姻;至于赶出去,那在夏天倒还没甚要紧。

玛利娅　那么你已经下了决心了吗?

小　丑　不,没有;可是我决定了两端。

玛利娅　假如一端断了,一端还连着;假如两端都断了,你的裤子也落下来了。

小　丑　妙,真的很妙。好,去你的吧;要是托比老爷戒了酒,你在伊利里亚的雌儿中间也好算是个门当户对的调皮角色了。

玛利娅　闭嘴,你这坏蛋,别胡说了。小姐来啦;你还是好好地想出个推托来。(下。)

小　丑　才情呀,请你帮我好好地装一下傻瓜!那些自负才情的人,实际上往往是些傻瓜;我知道我自己没有才情,因此也许可以算做聪明人。昆那拍勒斯①

---

① 似为杜撰的人名。

怎么说的?"与其做愚蠢的智人,不如做聪明的愚人。"

奥丽维娅偕马伏里奥上。

小　　丑　上帝祝福你,小姐!

奥丽维娅　把这傻子撵出去!

小　　丑　喂,你们没听见吗?把这位小姐撵出去。

奥丽维娅　算了吧!你是个干燥无味的傻子,我不要再看见你了;而且你已经变得不老实起来了。

小　　丑　我的小姐,这两个毛病用酒和忠告都可以治好。只要给干燥无味的傻子一点酒喝,他就不干燥了。只要劝不老实的人洗心革面,弥补他从前的过失:假如他能够弥补的话,他就不再不老实了;假如他不能弥补,那么叫裁缝把他补一补也就得了。弥补者,弥而补之也:道德的失足无非补上了一块罪恶;罪恶悔改之后,也无非补上了一块道德。假如这种简单的论理可以通得过去,很好;假如通不过去,还有什么办法?当忘八是一件倒霉的事,美人好比鲜花,这都是无可怀疑的。小姐吩咐把傻子撵出去;因此我再

第十二夜

说一句,把她撵出去吧。

奥丽维娅　尊驾,我吩咐他们把你撵出去呢。

小　丑　这就是大错而特错了!小姐,"戴了和尚帽,不定是和尚";那就好比是说,我身上虽然穿着愚人的彩衣,可是我并不一定连头脑里也穿着它呀。我的好小姐,准许我证明您是个傻子。

奥丽维娅　你能吗?

小　丑　再便当也没有了,我的好小姐。

奥丽维娅　那么证明一下看。

小　丑　小姐,我必须把您盘问;我的贤淑的小乖乖,回答我。

奥丽维娅　好吧,先生,为了没有别的消遣,我就等候着你的证明吧。

小　丑　我的好小姐,你为什么悲伤?

奥丽维娅　好傻子,为了我哥哥的死。

小　丑　小姐,我想他的灵魂是在地狱里。

奥丽维娅　傻子,我知道他的灵魂是在天上。

小　丑　这就越显得你的傻了,我的小姐;你哥哥的灵魂既然在天上,为什么要悲伤呢?列位,把这傻子撵出去。

奥丽维娅　马伏里奥,你以为这傻子怎样?是不是更有趣了?

马伏里奥　是的,而且会变得越来越有趣,一直到死。老弱会使聪明减退,可是对于傻子却能使他变得格外傻起来。

小　　丑　大爷,上帝保佑您快快老弱起来,好让您格外傻得厉害!托比老爷可以发誓说我不是狐狸,可是他不愿跟人家打赌两便士说您不是个傻子。

奥丽维娅　你怎么说,马伏里奥?

马伏里奥　我不懂您小姐怎么会喜欢这种没有头脑的混账东西。前天我看见他给一个像石头一样冥顽不灵的下等的傻子算计了去。您瞧,他已经毫无招架之功了;要是您不笑笑给他一点题目,他便要无话可说。我说,听见这种傻子的话也会那么高兴的聪明人们,都不过是些傻子们的应声虫罢了。

奥丽维娅　啊!你是太自命不凡了,马伏里奥;你缺少一

第十二夜

副健全的胃口。你认为是炮弹的,在宽容慷慨、气度汪洋的人看来,不过是鸟箭。傻子有特许放肆的权利,虽然他满口骂人,人家不会见怪于他;君子出言必有分量,虽然他老是指摘人家的错处,也不能算为谩骂。

小　丑　麦鸠利赏给你说谎的本领吧,因为你给傻子说了好话!

> 玛利娅重上。

玛利娅　小姐,门口有一位年轻的先生很想见您说话。

奥丽维娅　从奥西诺公爵那儿来的吧?

玛利娅　我不知道,小姐;他是一位漂亮的青年,随从很盛。

奥丽维娅　我家里有谁在跟他周旋呢?

玛利娅　是令亲托比老爷,小姐。

奥丽维娅　你去叫他走开;他满口都是些疯话。不害羞的!(玛利娅下)马伏里奥,你给我去;假若是公爵差来的,说我病了,或是不在家,随你怎样说,把他打发走。(马伏里奥下)你瞧,先生,你的打诨已经陈腐起来,人家不喜欢了。

小　　丑　我的小姐,你帮我说话就像你的大儿子也会是个傻子一般;愿上帝在他的头颅里塞满脑子吧!瞧你的那位有一副最不中用的头脑的令亲来了。

托比·培尔契爵士上。

奥丽维娅　哎哟,又已经半醉了。叔叔,门口是谁?

托　　比　一个绅士。

奥丽维娅　一个绅士!什么绅士?

托　　比　有一个绅士在这儿——这种该死的咸鱼!怎样,蠢货!

小　　丑　好托比爷爷!

奥丽维娅　叔叔,叔叔,你怎么这么早就昏天黑地了?

托　　比　声天色地!我打倒声天色地!有一个人在门口。

小　　丑　是呀,他是谁呢?

托　　比　让他是魔鬼也好,我不管;我说,我心里耿耿三尺有神明。好,都是一样。(下。)

奥丽维娅　傻子,醉汉像个什么东西?

第 十 二 夜

小　　丑　像个溺死鬼,像个傻瓜,又像个疯子。多喝了一口就会把他变成个傻瓜;再喝一口就发了疯;喝了第三口就把他溺死了。

奥丽维娅　你去找个验尸的来吧,让他来验验我的叔叔;因为他已经喝酒喝到了第三个阶段,他已经溺死了。瞧瞧他去。

小　　丑　他还不过是发疯呢,我的小姐;傻子该去照顾疯子。(下。)

　　　　马伏里奥重上。

马伏里奥　小姐,那个少年发誓说要见您说话。我对他说您有病;他说他知道,因此要来见您说话。我对他说您睡了;他似乎也早已知道了,因此要来见您说话。还有什么话好对他说呢,小姐?什么拒绝都挡他不了。

奥丽维娅　对他说我不要见他说话。

马伏里奥　这也已经对他说过了;他说,他要像州官衙门前竖着的旗杆那样立在您的门前不去,像凳子脚一样直挺挺地站着,非得见您说话不可。

奥丽维娅　他是怎样一个人?

马伏里奥　呃,就像一个人那么的。

奥丽维娅　可是是什么样子的呢?

马伏里奥　很无礼的样子;不管您愿不愿意,他一定要见您说话。

奥丽维娅　他的相貌怎样? 多大年纪?

马伏里奥　说是个大人吧,年纪还太轻;说是个孩子吧,又嫌大些:就像是一颗没有成熟的豆荚,或是一只半生的苹果,又像大人又像小孩,所谓介乎两可之间。他长得很漂亮,说话也很刁钻;看他的样子,似乎有些未脱乳臭。

奥丽维娅　叫他进来。把我的侍女唤来。

马伏里奥　姑娘,小姐叫着你呢。(下。)

　　　玛利娅重上。

奥丽维娅　把我的面纱拿来;来,罩住我的脸。我们要再听一次奥西诺来使的说话。

　　　薇奥拉及侍从等上。

薇奥拉　哪一位是这里府中的贵小姐?

第十二夜

奥丽维娅　有什么话对我说吧;我可以代她答话。你来有什么见教?

薇奥拉　最辉煌的、卓越的、无双的美人!请您指示我这位是不是就是这里府中的小姐,因为我没有见过她。我不大甘心浪掷我的言辞;因为它不但写得非常出色,而且我费了好大的辛苦才把它背熟。两位美人,不要把我取笑;我是个非常敏感的人,一点点轻侮都受不了的。

奥丽维娅　你是从什么地方来的,先生?

薇奥拉　除了我背熟了的以外,我不能说别的话;您那问题是我所不曾预备作答的。温柔的好人儿,好好儿地告诉我您是不是府里的小姐,好让我陈说我的来意。

奥丽维娅　你是个唱戏的吗?

薇奥拉　不,我的深心的人儿;可是我敢当着最有恶意的敌人发誓,我并不是我所扮演的角色。您是这府中的小姐吗?

奥丽维娅　是的,要是我没有篡夺了我自己。

薇奥拉　假如您就是她,那么您的确是篡夺了您自己了;因为您有权力给予别人的,您却没有权力把它藏匿起来。但是这种话跟我来此的使命无关;我要继续着恭维您的言辞,然后告知您我的来意。

奥丽维娅　把重要的话说出来;恭维免了吧。

薇奥拉　唉!我好容易才把它背熟,而且它又是很有诗意的。

奥丽维娅　那么多半是些鬼话,请你留着不用说了吧。我听说你在我门口一味顶撞;让你进来只是为要看看你究竟是个什么人,并不是要听你说话。要是你没有发疯,那么去吧;要是你明白事理,那么说得简单一些:我现在没有那样心思去理会一段没有意思的谈话。

玛利娅　请你动身吧,先生;这儿便是你的路。

薇奥拉　不,好清道夫,我还要在这儿闲荡一会儿呢。亲爱的小姐,请您劝劝您这位"彪形大汉"别那么神气活现。

奥丽维娅　把你的尊意告诉我。

第十二夜

薇奥拉　我是一个使者。

奥丽维娅　你那种礼貌那么可怕,你带来的信息一定是些坏事情。有什么话说出来。

薇奥拉　除了您之外不能让别人听见。我不是来向您宣战,也不是来要求您臣服;我手里握着橄榄枝,我的话里充满了和平,也充满了意义。

奥丽维娅　可是你一开始就不讲礼。你是谁?你要的是什么?

薇奥拉　我的不讲礼是我从你们对我的接待上学来的。我是谁,我要些什么,是个秘密;在您的耳中是神圣,别人听起来就是亵渎。

奥丽维娅　你们都走开吧;我们要听一听这段神圣的话。

　　(玛利娅及侍从等下)现在,先生,请教你的经文?

薇奥拉　最可爱的小姐——

奥丽维娅　倒是一种叫人听了怪舒服的教理,可以大发议论呢。你的经文呢?

薇奥拉　在奥西诺的心头。

奥丽维娅　在他的心头!在他的心头的哪一章?

薇奥拉　照目录上排起来,是他心头的第一章。

奥丽维娅　噢!那我已经读过了,无非是些旁门左道。你没有别的话要说了吗?

薇奥拉　好小姐,让我瞧瞧您的脸。

奥丽维娅　贵主人有什么事要差你来跟我的脸接洽的吗?你现在岔开你的正文了;可是我们不妨拉开幕儿,让你看看这幅图画。(揭除面幕)你瞧,先生,我就是这个样子;它不是画得很好吗?

薇奥拉　要是一切都出于上帝的手,那真是绝妙之笔。

奥丽维娅　它的色彩很耐久,先生,受得起风霜的侵蚀。

薇奥拉　那真是各种色彩精妙地调和而成的美貌;那红红的白白的都是造化亲自用他的可爱的巧手敷上去的。小姐,您是世上最忍心的女人,要是您甘心让这种美埋没在坟墓里,不给世间留下一份副本。

奥丽维娅　啊!先生,我不会那样狠心;我可以列下一张我的美貌的清单,一一开陈清楚,把每一件细目都载在我的遗嘱上,例如:一款,浓淡适中的朱唇两片;一款,灰色的倩眼一双,附眼睑;一款,玉颈一围,柔颐

第十二夜

　　一个,等等。你是奉命到这儿来恭维我的吗?

薇奥拉　我明白您是个什么样的人了。您太骄傲了;可是即使您是个魔鬼,您是美貌的。我的主人爱着您;啊!这么一种爱情,即使您是人间的绝色,也应该酬答他的。

奥丽维娅　他怎样爱着我呢?

薇奥拉　用崇拜,大量的眼泪,震响着爱情的呻吟,吞吐着烈火的叹息。

奥丽维娅　你的主人知道我的意思,我不能爱他;虽然我想他品格很高,知道他很尊贵,很有身份,年轻而纯洁,有很好的名声,慷慨,博学,勇敢,长得又体面;可是我总不能爱他,他老早就已经得到我的回音了。

薇奥拉　要是我也像我主人一样热情地爱着您,也是这样的受苦,这样了无生趣地把生命拖延,我不会懂得您的拒绝是什么意思。

奥丽维娅　啊,你预备怎样呢?

薇奥拉　我要在您的门前用柳枝筑成一所小屋,不时到府中访谒我的灵魂;我要吟咏着被冷淡的忠诚的爱情的篇什,不顾夜多么深我要把它们高声歌唱;我要向着回声的山崖呼喊您的名字,使饶舌的风都叫着"奥丽维娅"。啊!您在天地之间将要得不到安静,除非您怜悯了我!

奥丽维娅　你的口才倒是颇堪造就的。你的家世怎样?

薇奥拉　超过于我目前的境遇,但我是个有身份的士人。

奥丽维娅　回到你主人那里去;我不能爱他,叫他不要再差人来了;除非或者你再来见我,告诉我他对于我的答复觉得怎样。再会!多谢你的辛苦;这几个钱赏给你。

薇奥拉　我不是个要钱的信差,小姐,留着您的钱吧;不曾得到报酬的,是我的主人,不是我。但愿爱神使您所爱的人也是心如铁石,好让您的热情也跟我主人的一样遭到轻蔑!再会,忍心的美人!(下。)

奥丽维娅　"你的家世怎样?""超过于我目前的境遇,但我是个有身份的士人。"我可以发誓你一定是的;你的语调,你的脸,你的肢体、动作、精神,各方面都可以证明你的高贵。——别这么性急。且慢!且慢!

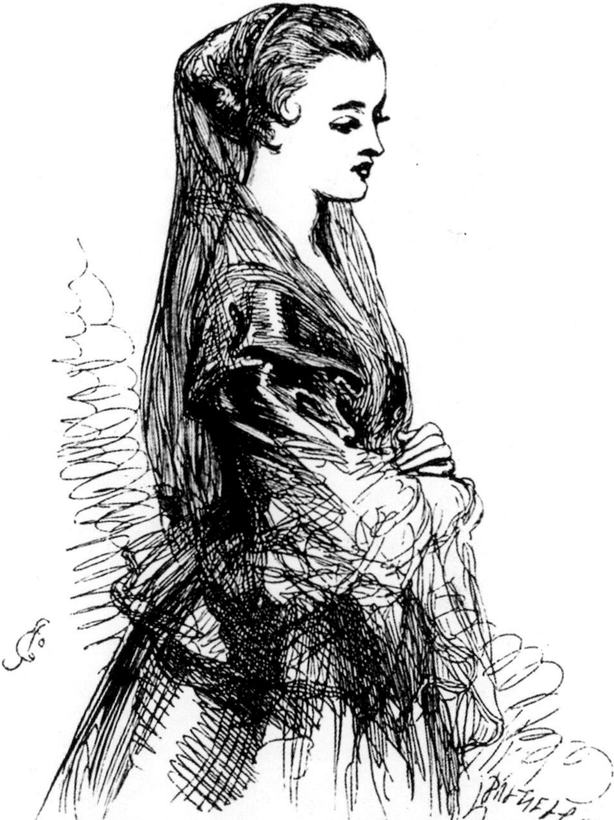

除非颠倒了主仆的名分。——什么！这么快便染上那种病了？我觉得好像这个少年的美处在悄悄地蹑步进入我的眼中。好，让它去吧。喂！马伏里奥！

马伏里奥重上。

马伏里奥　有，小姐，听候您的吩咐。

奥丽维娅　去追上那个无礼的使者，公爵差来的人，他不管我要不要，硬把这戒指留下；对他说我不要，请他不要向他的主人献功，让他死不了心，我跟他没有缘分。要是那少年明天还打这儿走过，我可以告诉他为什么。去吧，马伏里奥。

马伏里奥　是，小姐。（下。）

奥丽维娅　我的行事我自己全不懂，

　　　　　怎一下子便会把人看中？

　　　　　一切但凭着命运的吩咐，

　　　　　谁能够作得了自己的主！（下。）

第 二 幕

第一场 海 滨

安东尼奥及西巴斯辛上。

安东尼奥　您不愿住下去了吗？您也不愿让我陪着您去吗？

西巴斯辛　请您原谅，我不愿。我是个倒霉的人，我的晦气也许要连累了您，所以我要请您离开我，好让我独自担承我的恶运；假如连累到您身上，那是太辜负了您的好意了。

安东尼奥　可是让我知道您的去向吧。

第 十 二 夜

西巴斯辛　不瞒您说,先生,我不能告诉您;因为我所决定的航行不过是无目的的漫游。可是我看您这样有礼,您一定不会强迫我说出我所保守的秘密来;因此按礼该我来向您表白我自己。安东尼奥,您要知道我的名字是西巴斯辛,罗德利哥是我的化名。我的父亲便是梅萨林的西巴斯辛,我知道您一定听见过他的名字。他死后丢下我和一个妹妹,我们两人是在同一个时辰出世的;我多么希望上天也让我们两人在同一个时辰死去!可是您,先生,却来改变我的命运,因为就在您把我从海浪里打救起来之前不久,我的妹妹已经淹死了。

安东尼奥　唉,可惜!

西巴斯辛　先生,虽然人家说她非常像我,许多人都说她是个美貌的姑娘;我虽然不好意思相信这句话,但是至少可以大胆说一句,即使妒嫉她的人也不能不承认她有一颗美好的心。她是已经给海水淹死的了,先生,虽然似乎我要用更多的泪水来淹没对她的记忆。

安东尼奥　先生,请您恕我招待不周。

西巴斯辛　啊,好安东尼奥!我才是多多打扰了您哪!

安东尼奥　要是您看在我的交情分上,不愿叫我痛不欲生的话,请您允许我做您的仆人吧。

西巴斯辛　您已经打救了我的生命,要是您不愿让我抱愧而死,那么请不要提出那样的请求,免得您白白救了我一场。我立刻告辞了;我的心是怪软的,还不曾脱去我母亲的性质,为了一点点理由,我的眼睛里就会露出我的弱点来。我要到奥西诺公爵的宫廷里去;再会了。(下。)

安东尼奥　一切神明护佑着你!我在奥西诺的宫廷里有许多敌人,否则我就会马上到那边去会你——

但无论如何我爱你太深,

履险如夷我定要把你寻。(下。)

第二场　街　道

薇奥拉上,马伏里奥随上。

马伏里奥　您不是刚从奥丽维娅伯爵小姐那儿来的吗?

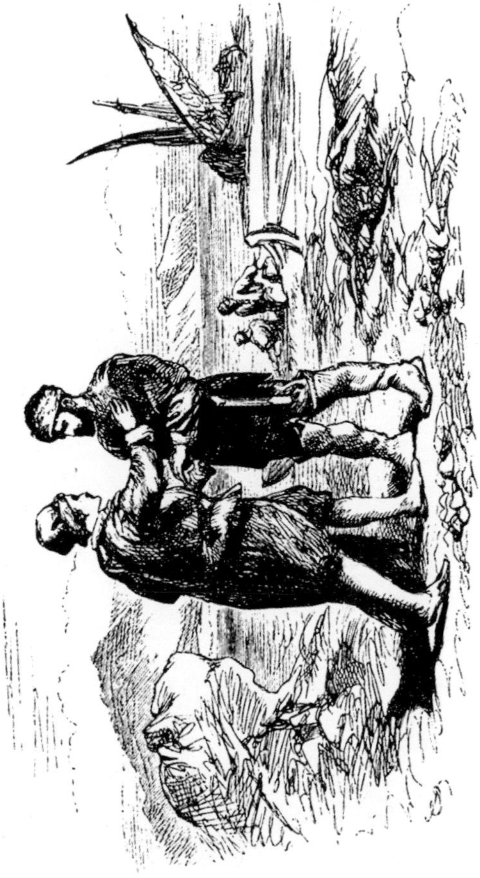

第十二夜

薇奥拉　是的,先生;因为我走得慢,所以现在还不过在这儿。

马伏里奥　先生,这戒指她还给您;您当初还不如自己拿走呢,免得我麻烦。她又说您必须叫您家主人死了心,明白她不要跟他来往。还有,您不用再那么莽撞地到这里来替他说话了,除非来回报一声您家主人已经对她的拒绝表示认可。好,拿去吧。

薇奥拉　她自己拿了我这戒指去的;我不要。

马伏里奥　算了吧,先生,您使性子把它丢给她;她的意思也要我把它照样丢还给您。假如它是值得弯下身子拾起来的话,它就在您的眼前;不然的话,让什么人看见就给什么人拿去吧。(下。)

薇奥拉　我没有留下戒指呀;这位小姐是什么意思？但愿她不要迷恋了我的外貌才好！她把我打量得那么仔细;真的,我觉得她看得我那么出神,连自己讲的什么话儿也顾不到了,那么没头没脑,颠颠倒倒的。一定的,她爱上我啦;情急智生,才差这个无礼的使者来邀请我。不要我主人的戒指！嘿,他并没有把什么戒指送给她呀！我才是她意中的人;真是这样的话——事实上确是这样——那么,可怜的小姐,她真是做梦了!我现在才明白假扮的确不是一桩好事情,魔鬼会乘机大显他的身手。一个又漂亮又靠不住的男人,多么容易占据了女人家柔弱的心!唉!这都是我们生性脆弱的缘故,不是我们自身的错处;因为上天造下我们是哪样的人,我们就是哪样的人。这种事情怎么了结呢?我的主人深深地爱着她;我呢,可怜的小鬼,也是那样恋着他;她呢,认错了人,似乎在思念我。这怎么了呢?因为我是个男人,我没有希望叫我的主人爱上我;因为我是个女人,唉!可怜的奥丽维娅也要白费无数的叹息了!

这纠纷要让时间来理清;

叫我打开这结儿怎么成!(下。)

第三场　奥丽维娅宅中一室

托比·培尔契爵士及安德鲁·艾古契克爵士上。

托　比　过来,安德鲁爵士。深夜不睡即是起身得早;

第十二夜

"起身早,身体好",你知道的——

安德鲁　不,老实说,我不知道;我知道的是深夜不睡便是深夜不睡。

托　比　一个错误的结论;我听见这种话就像看见一个空酒瓶那么头痛。深夜不睡,过了半夜才睡,那就是到大清早才睡,岂不是睡得很早?我们的生命不是由四大原素组成的吗?

安德鲁　不错,他们是这样说;可是我以为我们的生命不过是吃吃喝喝而已。

托　比　你真有学问;那么让我们吃吃喝喝吧。玛利娅,喂!开一瓶酒来!

小丑上。

安德鲁　那个傻子来啦。

小　丑　啊,我的心肝们!咱们刚好凑成一幅《三个臭皮匠》。

托　比　欢迎,驴子!现在我们来一个轮唱歌吧。

安德鲁　说老实话,这傻子有一副很好的喉咙。我宁愿拿四十个先令去换他这么一条腿和这么一副可爱的声音。真的,你昨夜打诨打的很好,说什么匹格罗格罗密忒斯哪,维比亚人越过了丘勃斯的赤道线哪,真是好得很。我送六便士给你的姘头,收到了没有?

小　丑　你的恩典我已经放进了我的口袋;因为马伏里奥的鼻子不是鞭柄,我的小姐有一双玉手,她的跟班们不是开酒馆的。

安德鲁　好极了!嗯,无论如何这要算是最好的打诨了。现在唱个歌吧。

托　比　来,给你六便士,唱个歌吧。

安德鲁　我也有六便士给你呢;要是一个骑士大方起来——

小　丑　你们要我唱支爱情的歌呢,还是唱支劝人为善的歌?

托　比　唱个情歌,唱个情歌。

安德鲁　是的,是的,劝人为善有什么意思。

小　丑　(唱)

你到哪儿去,啊我的姑娘?

听呀,那边来了你的情郎,

第十二夜

  嘴里吟着抑扬的曲调。
  不要再走了,美貌的亲亲;
  恋人的相遇终结了行程,
    每个聪明人全都知晓。

安德鲁　真好极了!

托　比　好,好!

小　丑　(唱)
  什么是爱情?它不在明天;
  欢笑嬉游莫放过了眼前,
    将来的事有谁能猜料?
  不要蹉跎了大好的年华;
  来吻着我吧,你双十娇娃,
    转眼青春早化成衰老。

安德鲁　凭良心说话,好一副流利的歌喉!

托　比　好一股恶臭的气息!

安德鲁　真的,很甜蜜又很恶臭。

托　比　用鼻子听起来,那么恶臭也很动听。可是我们要不要让天空跳起舞来呢?我们要不要唱一支轮唱歌,把夜枭吵醒;那曲调会叫一个织工听了三魂出窍?

安德鲁　要是你爱我,让我们来一下吧;唱轮唱歌我挺拿手啦。

小　　丑　对啦,大人,有许多狗也会唱得很好。

安德鲁　不错不错。让我们唱《你这坏蛋》吧。

小　　丑　《闭住你的嘴,你这坏蛋》,是不是这一首,骑士?那么我可不得不叫你做坏蛋啦,骑士。

安德鲁　人家不得不叫我做坏蛋,这也不是第一次。你开头,傻子;第一句是,"闭住你的嘴"。

小　　丑　要是我闭住我的嘴,我就再也开不了头啦。

安德鲁　说得好,真的。来,唱起来吧。(三人唱轮唱歌。)
　　　　玛利娅上。

玛利娅　你们在这里猫儿叫春似的闹些什么呀!要是小姐没有叫起她的管家马伏里奥来把你们赶出门外去,再不用相信我的话好了。

托　　比　小姐是个骗子;我们都是大人物;马伏里奥是拉姆西的佩格姑娘;"我们是三个快活的人"。我不是

第 十 二 夜

同宗吗？我不是她的一家人吗？胡说八道,姑娘!

巴比伦有一个人,姑娘,姑娘!

小　丑　要命,这位老爷真会开玩笑。

安德鲁　嗷,他高兴开起玩笑来,开得可是真好,我也一样;不过他的玩笑开得富于风趣,而我的玩笑开得更为自然。

托　比

啊!十二月十二——

玛利娅　看在上帝的面上,别闹了吧!

马伏里奥上。

马伏里奥　我的爷爷们,你们疯了吗,还是怎么啦?难道你们没有脑子,不懂规矩,全无礼貌,在这种夜深时候还要像一群发酒疯的补锅匠似的乱吵?你们把小姐的屋子当作一间酒馆,好让你们直着喉咙,唱那种鞋匠的歌儿吗?难道你们全不想想这是什么地方,这儿住的是什么人,或者现在是什么时刻了吗?

托　比　老兄,我们的轮唱是严守时刻的。你去上吊吧!

马伏里奥　托比老爷,莫怪我说句不怕忌讳的话。小姐吩咐我告诉您说,她虽然把您当个亲戚留住在这儿,可是她不能容忍您那种胡闹。要是您能够循规蹈矩,我们这儿是十分欢迎您的;否则的话,要是您愿意向她告别,她一定会让您走。

托　　比

　　既然我非去不可,那么再会吧,亲亲!

玛利娅　别这样,好托比老爷。

小　　丑

　　他的眼睛显示出他末日将要来临。

马伏里奥　岂有此理!

托　　比

　　可是我决不会死亡。

小　　丑　托比老爷,您在说谎。

马伏里奥　真有体统!

托　　比

　　我要不要叫他滚蛋?

小　　丑

　　叫他滚蛋又怎样?

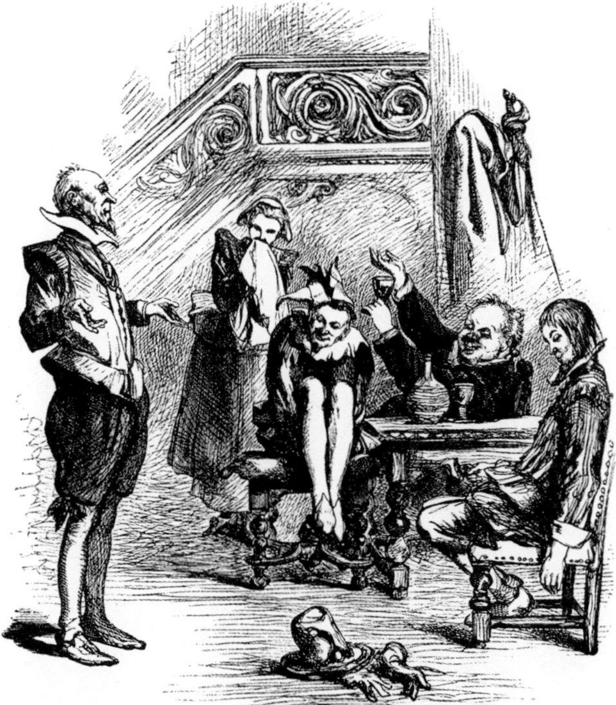

第十二夜

托 比　　要不要叫他滚蛋,毫无留贷?

小 丑　　啊!不,不,不,你没有这种胆量。

托 比　唱的不入调吗?先生,你说谎!你不过是一个管家,有什么可以神气的?你以为你自己道德高尚,人家便不能喝酒取乐了吗?

小 丑　是啊,凭圣安起誓,生姜吃下嘴去也总是辣的。

托 比　你说得一点也不错。——去,朋友,用面包屑去擦你的项链吧。开一瓶酒来,玛利娅!

马伏里奥　玛利娅姑娘,要是你没有把小姐的恩典看作钱不值,你可不要帮助他们做这种胡闹;我一定会去告诉她的。(下。)

玛利娅　滚你的吧!

安德鲁　向他挑战,然后失约,愚弄他一下子,倒是个很好的办法,就像人肚子饿了喝酒一样。

托 比　好,骑士,我给你写挑战书,或者代你去口头通知他你的愤怒。

玛利娅　亲爱的托比老爷,今夜请忍耐一下子吧;今天公爵那边来的少年会见了小姐之后,她心里很烦。至于马伏里奥先生,我去对付他好了;要是我不把他愚弄得给人当作笑柄,让大家取乐儿,我便是个连直挺挺躺在床上都不会的蠢东西。我知道我一定能够。

托　比　告诉我们,告诉我们;告诉我们一些关于他的事情。

玛利娅　好,老爷,有时候他有点儿像清教徒。

安德鲁　啊!要是我早想到了这一点,我要把他像狗一样打一顿呢。

托　比　什么,为了像清教徒吗?你有什么绝妙的理由,亲爱的骑士?

安德鲁　我没有什么绝妙的理由,可是我有相当的理由。

玛利娅　他是个鬼清教徒,反复无常、逢迎取巧是他的本领;一头装腔作势的驴子,背熟了几句官话,便倒也似的倒了出来;自信非凡,以为自己真了不得,谁看见他都会爱他;我可以凭着那个弱点堂堂正正地给他一顿教训。

第十二夜

托　比　你打算怎样？

玛利娅　我要在他走过的路上丢下一封暧昧的情书，里面活生生地描写着他的胡须的颜色、他的腿的形状、他走路的姿势、他的眼睛、额角和脸上的表情；他一见就会觉得是写的他自己。我会学您侄小姐的笔迹写字；在已经忘记了的信件上，我们连自己的笔迹也很难辨认呢。

托　比　好极了，我嗅到了一个计策了。

安德鲁　我鼻子里也闻到了呢。

托　比　他见了你丢下的这封信，便会以为是我的侄女写的，以为她爱上了他。

玛利娅　我的意思正是这样。

安德鲁　你的意思是要叫他变成一头驴子。

玛利娅　驴子，那是毫无疑问的。

安德鲁　啊！那好极了！

玛利娅　出色的把戏，你们瞧着好了；我知道我的药对他一定生效。我可以把你们两人连那傻子安顿在他拾着那信的地方，瞧他怎样把它解释。今夜呢，大家上床睡去,梦着那回事吧。再见。(下。)

托　比　晚安,好姑娘!

安德鲁　我说,她是个好丫头。

托　比　她是头纯种的小猎犬,很爱我;怎样?

安德鲁　我也曾经给人爱过呢。

托　比　我们去睡吧,骑士。你应该叫家里再寄些钱来。

安德鲁　要是我不能得到你的侄女,我就大上其当了。

托　比　去要钱吧,骑士;要是你结果终不能得到她,你就叫我傻子。

安德鲁　要是我不去要,就再不要相信我,随你怎么办。

托　比　来,来,我去烫些酒来;现在去睡太晚了。来,骑士;来,骑士。(同下。)

第四场　公爵府中一室

公爵、薇奥拉、丘里奥及余人等上。

公　爵　给我奏些音乐。早安,朋友们。好西萨里奥,我只要听我们昨晚听的那支古曲;我觉得它比目前轻

第十二夜

音乐中那种轻倩的乐调和警炼的字句更能慰解我的痴情。来,只唱一节吧。

丘里奥　启禀殿下,会唱这歌儿的人不在这儿。

公　爵　他是谁?

丘里奥　是那个弄人费斯特,殿下;他是奥丽维娅小姐的尊翁所宠幸的傻子。他就在这儿左近。

公　爵　去找他来,现在先把那曲调奏起来吧。(丘里奥下。奏乐)过来,孩子。要是你有一天和人恋爱了,请在甜蜜的痛苦中记着我;因为真心的恋人都像我一样,在其他一切情感上都是轻浮易变,但他所爱的人儿的影像,却永远铭刻在他的心头。你喜不喜欢这个曲调?

薇奥拉　它传出了爱情的宝座上的回声。

公　爵　你说得很好。我相信你虽然这样年轻,你的眼睛一定曾经看中过什么人;是不是,孩子?

薇奥拉　略为有点,请您恕我。

公　爵　是个什么样子的女人呢?

薇奥拉　相貌跟您差不多。

公　爵　那么她是不配被你爱的。什么年纪呢?

薇奥拉　年纪也跟您差不多,殿下。

公　爵　啊,那太老了!女人应当拣一个比她年纪大些的男人,这样她才跟他合得拢来,不会失去她丈夫的欢心;因为,孩子,不论我们怎样自称自赞,我们的爱情总比女人们流动不定些,富于希求,易于反复,更容易消失而生厌。

薇奥拉　这一层我也想到,殿下。

公　爵　那么选一个比你年轻一点的姑娘做你的爱人吧,否则你的爱情便不能常青——

女人正像是娇艳的蔷薇,

花开才不久便转眼枯萎。

薇奥拉　是啊,可叹她刹那的光荣,

早枝头零落留不住东风!

丘里奥偕小丑重上。

公　爵　啊,朋友!来,把我们昨夜听的那支歌儿再唱一遍。好好听着,西萨里奥。那是个古老而平凡的歌儿,是晒着太阳的纺线工人和织布工人以及无忧无

第十二夜

虑的制花边的女郎们常唱的;歌里的话儿都是些平常不过的真理,搬弄着纯朴的古代的那种爱情的纯洁。

小　丑　您预备好了吗,殿下?

公　爵　好,请你唱吧。(奏乐。)

小　丑　(唱)

　　过来吧,过来吧,死神!
　　　让我横陈在凄凉的柏棺①的中央;
　　飞去吧,飞去吧,浮生!
　　　我被害于一个狠心的美貌姑娘。
　　为我罩上白色的殓衾铺满紫杉;
　　没有一个真心的人为我而悲哀。

　　莫让一朵花儿甜柔,
　　　撒上了我那黑色的、黑色的棺材;

---

① 此处"柏棺"原文为 Cypress,自来注家均肯定应作 Crape(丧礼用之黑色绉纱)解释;按字面解 Cypress 为一种杉柏之属,径译"柏棺",在语调上似乎更为适当,故仍将错就错,据字臆译。

Twelfth Night

没有一个朋友迎候

我尸身,不久我的骨骼将会散开。

免得多情的人们千万次的感伤,

请把我埋葬在无从凭吊的荒场。

公　爵　这是赏给你的辛苦钱。

小　丑　一点不辛苦,殿下;我以唱歌为乐呢。

公　爵　那么就算赏给你的快乐钱。

小　丑　不错,殿下,快乐总是要付出代价的。

公　爵　现在允许我不再见你吧。

小　丑　好,忧愁之神保佑着你!但愿裁缝用闪缎给你裁一身衫子,因为你的心就像猫眼石那样闪烁不定。我希望像这种没有恒心的人都航海去,好让他们过着五湖四海,千变万化的生活;因为这样的人总会两手空空地回家。再会。(下。)

公　爵　大家都退开去。(丘里奥及侍从等下)西萨里奥,你再给我到那位忍心的女王那边去;对她说,我的爱情是超越世间的,泥污的土地不是我所看重的事物;命运所赐给她的尊荣财富,你对她说,在我的眼中都

第十二夜

像命运一样无常;吸引我的灵魂的是她的天赋的灵奇,绝世的仙姿。

薇奥拉　可是假如她不能爱您呢,殿下?

公　爵　我不能得到这样的回音。

薇奥拉　可是您不能不得到这样的回音。假如有一位姑娘——也许真有那么一个人——也像您爱着奥丽维娅一样痛苦地爱着您;您不能爱她,您这样告诉她;那么她岂不是必得以这样的答复为满足吗?

公　爵　女人的小小的身体一定受不住像爱情强加于我心中的那种激烈的搏跳;女人的心没有这样广大,可以藏得下这许多;她们缺少含忍的能力。唉,她们的爱就像一个人的口味一样,不是从脏腑里,而是从舌尖上感觉到的,过饱了便会食伤呕吐;可是我的爱就像饥饿的大海,能够消化一切。不要把一个女人所能对我发生的爱情跟我对于奥丽维娅的爱情相提并论吧。

薇奥拉　噢,可是我知道——

公　爵　你知道什么?

薇奥拉　我知道得很清楚女人对于男人会怀着怎样的爱情;真的,她们是跟我们一样真心的。我的父亲有一个女儿,她爱上了一个男人,正像假如我是个女人也许会爱上了您殿下一样。

公　爵　她的历史怎样?

薇奥拉　一片空白而已,殿下。她从来不向人诉说她的爱情,让隐藏在内心中的抑郁像蓓蕾中的蛀虫一样,侵蚀着她的绯红的脸颊;她因相思而憔悴,疾病和忧愁折磨着她,像是墓碑上刻着的"忍耐"的化身,默坐着向悲哀微笑。这不是真的爱情吗?我们男人也许更多话,更会发誓,可是我们所表示的,总多于我们所决心实行的;不论我们怎样山盟海誓,我们的爱情总不过如此。

公　爵　但是你的姊姊有没有殉情而死,我的孩子?

薇奥拉　我父亲的女儿只有我一个,儿子也只有我一个——可她有没有殉情我不知道。殿下,我要不要就去见这位小姐?

公　爵　对了,这是正事——

快前去,送给她这颗珍珠;

说我的爱情永不会认输。(各下。)

第五场　奥丽维娅的花园

托比·培尔契爵士、安德鲁·艾古契克爵士及费边上。

托　比　来吧,费边先生。

费　边　噢,我就来;要是我把这场好戏略为错过了一点点儿,让我在懊恼里煎死了吧。

托　比　让这个卑鄙龌龊的丑东西出一场丑,你高兴不高兴?

费　边　我才要快活死哩!您知道那次我因为耍熊,被他在小姐跟前说我坏话。

托　比　我们再把那头熊牵来激他发怒;我们要把他作弄得体无完肤。你说怎样,安德鲁爵士?

安德鲁　要是我们不那么做,那才是终身的憾事呢。

托　比　小坏东西来了。

玛利娅上。

托　比　啊,我的小宝贝!

玛利娅　你们三人都躲到黄杨树后面去。马伏里奥正从这条道上走过来了;他已经在那边太阳光底下对他自己的影子练习了半个钟头仪法。谁要是喜欢笑话,就留心瞧着他吧;我知道这封信一定会叫他变成一个发痴的呆子的。凭着玩笑的名义,躲起来吧!你躺在那边;(丢下一信)这条鲟鱼已经来了,你不去撩撩他的痒处是捉不到手的。(下。)

　　　　马伏里奥上。

马伏里奥　不过是运气;一切都是运气。玛利娅曾经对我说过小姐喜欢我;我也曾经听见她自己说过那样的话,说要是她爱上了人的话,一定要选像我这种脾气的人。而且,她待我比待其他的下人显得分外尊敬。这点我应该怎么解释呢?

托　比　瞧这个自命不凡的混蛋!

费　边　静些!他已经痴心妄想得变成一头出色的火鸡了;瞧他那种蓬起了羽毛高视阔步的样子!

安德鲁　他妈的,我可以把这混蛋痛打一顿!

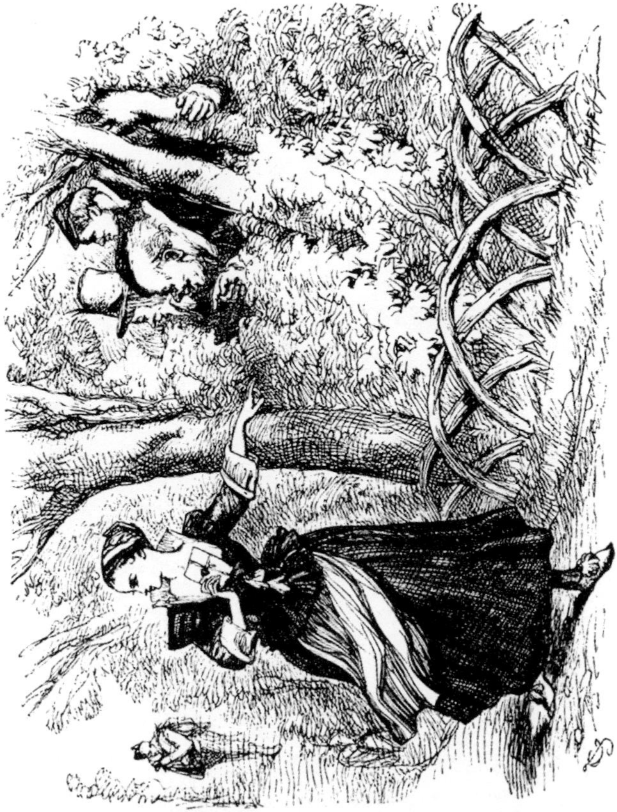

第十二夜

托　比　别闹啦!

马伏里奥　做了马伏里奥伯爵!

托　比　啊,混蛋!

安德鲁　给他吃手枪!给他吃手枪!

托　比　别闹!别闹!

马伏里奥　这种事情是有前例可援的;斯特拉契夫人也下嫁给家臣。

安德鲁　该死,这畜生!

费　边　静些!现在他着了魔啦;瞧他越想越得意。

马伏里奥　跟她结婚过了三个月,我坐在我的宝座上——

托　比　啊!我要弹一颗石子到他的眼睛里去!

马伏里奥　身上披着绣花的丝绒袍子,召唤我的臣僚过来;那时我刚睡罢午觉,撇下奥丽维娅酣睡未醒——

托　比　大火硫磺烧死他!

费　边　静些!静些!

马伏里奥　那时我装出一副威严的神气,先目光凛凛地向众人瞟视一周,对他们表示我知道我的地位,他们也必须明白自己的身份;然后吩咐他们去请我的托比老叔过来——

托　比　　把他铐起来!

费　边　　别闹!别闹!别闹!好啦!好啦!

马伏里奥　我的七个仆人恭恭敬敬地前去找他。我皱了皱眉头,或者给我的表上了上弦,或者抚弄着我的——什么珠宝之类。托比来了,向我行了个礼——

托　比　　这家伙可以让他活命吗?

费　边　　哪怕有几辆马车要把我们的静默拉走,也不要闹吧!

马伏里奥　我这样向他伸出手去,用一副庄严的威势来抑住我的亲昵的笑容——

托　比　　那时托比不就给了你一个嘴巴子吗?

马伏里奥　说,"托比叔父,我已蒙令侄女不弃下嫁,请您准许我这样说话——"

托　比　　什么?什么?

马伏里奥　"你必须把喝酒的习惯戒掉。"

第十二夜

托　比　他妈的,这狗东西!

费　边　嗳,别生气,否则我们的计策就要失败了。

马伏里奥　"而且,您还把您的宝贵的光阴跟一个傻瓜骑士在一块儿浪费——"

安德鲁　说的是我,一定的啦。

马伏里奥　"那个安德鲁爵士——"

安德鲁　我知道是我;因为许多人都管我叫傻瓜。

马伏里奥　(见信)这儿有些什么东西呢?

费　边　现在那蠢鸟走近陷阱旁边来了。

托　比　啊,静些!但愿能操纵人心意的神灵叫他高声朗读。

马伏里奥　(拾信)嗳哟,这是小姐的手笔!瞧这一钩一弯一横一直,那不正是她的笔锋吗?没有问题,一定是她写的。

安德鲁　她的一钩一弯一横一直,那是什么意思?

马伏里奥　(读)"给不知名的恋人,至诚的祝福。"完全是她的口气!对不住,封蜡。且慢!这封口上的铃记不就是她一直用作封印的鲁克丽丝的肖像吗?一定是我的小姐。可是那是写给谁的呢?

费　边　这叫他心窝儿里都痒起来了。

马伏里奥

　　知我者天,

　　我爱为谁?

　　慎莫多言,

　　莫令人知。

"莫令人知。"下面还写些什么?又换了句调了!

"莫令人知":说的也许是你哩,马伏里奥!

托　比　嘿,该死,这獾子!

马伏里奥

　　我可以向我所爱的人发号施令;

　　　但隐秘的衷情如鲁克丽丝之刀,

　　杀人不见血地把我的深心割刃:

　　　我的命在 M,O,A,I 的手里飘摇。

费　边　无聊的谜语!

托　比　我说是个好丫头。

马伏里奥　"我的命在 M,O,A,I 的手里飘摇。"不,让我

第十二夜

先想一想,让我想一想,让我想一想。

费　边　她给他吃了一服多好的毒药!

托　比　瞧那头鹰儿多么饿急似的想一口吞下去!

马伏里奥　"我可以向我所爱的人发号施令。"啾,她可以命令我;我侍候着她,她是我的小姐。这是无论哪个有一点点脑子的人都看得出来的;全然合得拢。可是那结尾一句,那几个字母又是什么意思呢? 能不能牵附到我的身上? ——慢慢! M,O,A,I——

托　比　哎,这应该想个法儿;他弄糊涂了。

费　边　即使像一头狐狸那样臊气冲天,这狗子也会闻出味来,汪汪地叫起来的。

马伏里奥　M,马伏里奥;M,嘿,那正是我的名字的第一个字母哩。

费　边　我不是说他会想出来的吗? 这狗的鼻子在没有味的地方也会闻出味来。

马伏里奥　M——可是这次序不大对;这样一试,反而不成功了。跟着来的应该是个 A 字,可是却是个 O 字。

费　边　我希望O字应该放在结尾的吧?

托　比　对了,否则我要揍他一顿,让他喊出个"O!"来。

马伏里奥　A的背后又跟着个I。

费　边　哼,要是你背后生眼睛①的话,你就知道你眼前并没有什么幸运,你的背后却有倒霉的事跟着呢。

马伏里奥　M,O,A,I;这隐语可跟前面所说的不很合辙;可是稍为把它颠倒一下,也就可以适合我了,因为这几个字母都在我的名字里。且慢!这儿还有散文呢。"要是这封信落到你手里,请你想一想。照我的命运而论,我是在你之上,可是你不用惧怕富贵:有的人是生来的富贵,有的人是挣来的富贵,有的人是送上来的富贵。你的好运已经向你伸出手来,赶快用你的全副精神抱住它。你应该练习一下怎样才合乎你所将要做的那种人的身份,脱去你卑恭的旧习,放出一些活泼的神气来。对亲戚不妨分庭抗礼,对仆人不妨摆摆架子;你嘴里要鼓唇弄舌地谈些国

---

①　眼睛原文为eye,与I音相近。

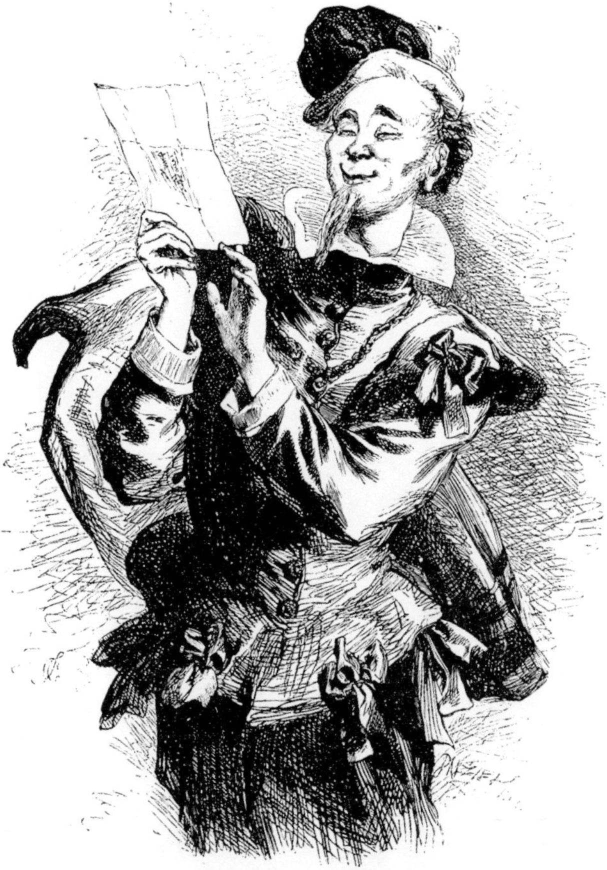

第十二夜

家大事,装出一副矜持的样子。为你叹息的人儿这样吩咐着你。记着谁曾经赞美过你的黄袜子,愿意看见你永远扎着十字交叉的袜带;我对你说,你记着吧。好,只要你自己愿意,你就可以出头了;否则让我见你一生一世做个管家,与众仆为伍,不值得抬举。再会!我是愿意跟你交换地位的,幸运的不幸者。"青天白日也没有这么明白,平原旷野也没有这么显豁。我要摆起架子来,谈起国家大事来;我要叫托比丧气,我要断绝那些鄙贱之交,我要一点不含糊地做起这么一个人来。我没有自己哄骗自己,让想象把我愚弄;因为每一个理由都指点着说,我的小姐爱上了我了。她最近称赞过我的黄袜子和我的十字交叉的袜带;她就是用这方法表示她爱我,用一种命令的方法叫我打扮成她所喜欢的样式。谢谢我的命星,我好幸福!我要放出高傲的神气来,穿了黄袜子,扎着十字交叉的袜带,立刻就去装束起来。赞美上帝和我的命星!这儿还有附启:"你一定想得到我是谁。要是你接受我的爱情,请你用微笑表示你的意思;你的微笑是很好看的。我的好人儿,请你当着我的面前永远微笑着吧。"上帝,我谢谢你!我要微笑;我要做每一件你吩咐我做的事。(下。)

费　边　即使波斯王给我一笔几千块钱的恩俸,我也不愿错过这场玩意儿。

托　比　这丫头想得出这种主意,我简直可以娶了她。

安德鲁　我也可以娶了她呢。

托　比　我不要她什么妆奁,只要再给我想出这么一个笑话来就行了。

安德鲁　我也不要她什么妆奁。

费　边　我那位捉蠢鹅的好手来了。

　　　　玛利娅重上。

托　比　你愿意把你的脚搁在我的头颈上吗?

安德鲁　或者搁在我的头颈上?

托　比　要不要我把我的自由作孤注一掷,做你的奴隶?

安德鲁　是的,要不要我也做你的奴隶?

托　比　你已经叫他大做其梦,要是那种幻象一离开了他,他一定会发疯的。

第十二夜

玛利娅　可是您老实对我说,他中计了吗?

托　比　就像收生婆喝了烧酒一样。

玛利娅　要是你们要看看这场把戏会闹出些什么结果来,请看好他怎样到小姐跟前去:他会穿起了黄袜子,那正是她所讨厌的颜色;还要扎着十字交叉的袜带,那正是她所厌恶的式样;他还要向她微笑,照她现在那样悒郁的心境,她一定会不高兴,管保叫他大受一场没趣。假如你们要看的话,跟我来吧。

托　比　好,就是到地狱门口也行,你这好机灵鬼!

安德鲁　我也要去。(同下。)

第 三 幕

第一场　奥丽维娅的花园

薇奥拉及小丑持手鼓上。

薇奥拉　上帝保佑你和你的音乐,朋友!你是靠着打手鼓过日子的吗?

小　丑　不,先生,我靠着教堂过日子。

薇奥拉　你是个教士吗?

小　丑　没有的事,先生。我靠着教堂过日子,因为我住在我的家里,而我的家是在教堂附近。

薇奥拉　你也可以说,国王住在叫化窝的附近,因为叫化

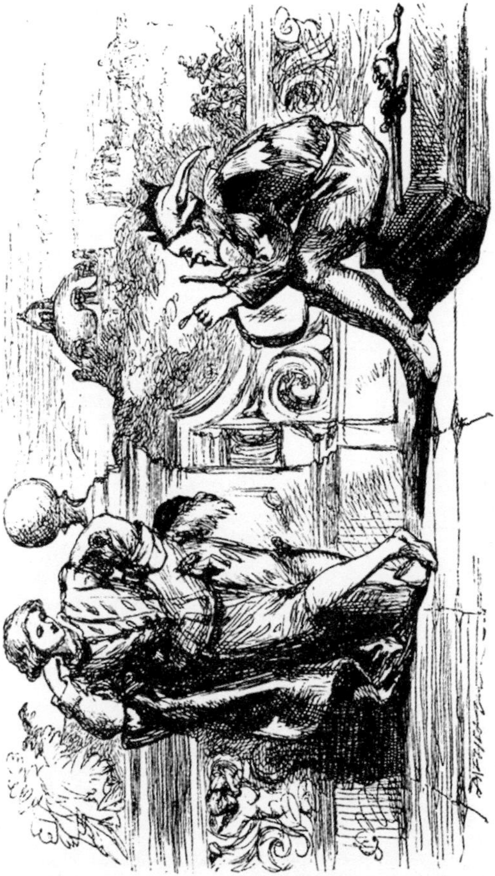

第十二夜

子住在王宫的附近;教堂筑在你的手鼓旁边,因为你的手鼓放在教堂旁边。

小　丑　您说得对,先生。人们一代比一代聪明了!一句话对于一个聪明人就像是一副小山羊皮的手套,一下子就可以翻了转来。

薇奥拉　嗯,那是一定的啦;善于在字面上翻弄花样的,很容易流于轻薄。

小　丑　那么,先生,我希望我的妹妹不要有名字。

薇奥拉　为什么呢,朋友?

小　丑　先生,她的名字不也是个字吗?在那个字上面翻弄翻弄花样,也许我的妹妹就会轻薄起来。可是文字自从失去自由以后,也就变成很危险的家伙了。

薇奥拉　你说出理由来,朋友?

小　丑　不瞒您说,先生,要是我向您说出理由来,那非得用文字不可;可是现在文字变得那么坏,我真不高兴用它们来证明我的理由。

薇奥拉　我敢说你是个快活的家伙,万事都不关心。

小　丑　不是的,先生,我所关心的事倒有一点儿;可是

Twelfth Night

凭良心说,先生,我可一点不关心您;如果不关心您就是无所关心的话,先生,我倒希望您也能够化为乌有才好。

薇奥拉　你不是奥丽维娅小姐府中的傻子吗?

小　丑　真的不是,先生。奥丽维娅小姐不喜欢傻气;她要嫁了人才会在家里养起傻子来,先生;傻子之于丈夫,犹之乎小鱼之于大鱼,丈夫不过是个大一点的傻子而已。我真的不是她的傻子,我是给她说说笑话的人。

薇奥拉　我最近曾经在奥西诺公爵的地方看见过你。

小　丑　先生,傻气就像太阳一样环绕着地球,到处放射它的光辉。要是傻子不常到您主人那里去,如同常在我的小姐那儿一样,那么,先生,我可真是抱歉。我想我也曾经在那边看见过您这聪明人。

薇奥拉　哼,你要在我身上打趣,我可要不睬你了。拿去,这个钱给你。(给他一枚钱币。)

小　丑　好,上帝保佑您长起胡子来吧!

薇奥拉　老实告诉你,我倒真为了胡子害相思呢;虽然我

第十二夜

不要在自己脸上长起来。小姐在里面吗?

小　　丑　（指着钱币）先生,您要是再赏我一个钱,凑成两个,不就可以养儿子了吗?

薇奥拉　不错,如果你拿它们去放债取利息。

小　　丑　先生,我愿意做个弗里吉亚的潘达洛斯,给这个特洛伊罗斯找一个克瑞西达来。①

薇奥拉　我知道了,朋友;你很善于乞讨。

小　　丑　我希望您不会认为这是非分的乞讨,先生,我要乞讨的不过是个叫化子——克瑞西达后来不是变成个叫化子了吗?小姐就在里面,先生。我可以对他们说明您是从哪儿来的;至于您是谁,您来有什么事,那就不属于我的领域之内了——我应当说"范围",可是那两个字已经给人用得太熟了。(下。)

薇奥拉　这家伙扮傻子很有点儿聪明。装傻装得好也是

---

① 关于特洛伊罗斯(Troilus)与克瑞西达(Cressida)恋爱的故事可参看莎士比亚所著悲剧《特洛伊罗斯与克瑞西达》。潘达洛斯(Pandarus)系克瑞西达之舅,为他们居间撮合者。克瑞西达因生性轻浮,后被人所弃,沦为乞丐。

要靠才情的:他必须窥伺被他所取笑的人们的心情,了解他们的身份,还得看准了时机;然后像窥伺着眼前每一只鸟雀的野鹰一样,每个机会都不放松。这是一种和聪明人的艺术一样艰难的工作:

傻子不妨说几句聪明话,

聪明人说傻话难免笑骂。

托比·培尔契爵士、安德鲁·艾古契克爵士同上。

托　比　您好,先生。

薇奥拉　您好,爵士。

安德鲁　上帝保佑您,先生。

薇奥拉　上帝保佑您,我是您的仆人。

安德鲁　先生,我希望您是我的仆人;我也是您的仆人。

托　比　请您进去吧。舍侄女有请,要是您是来看她的话。

薇奥拉　我来正是要拜见令侄女,爵士;她是我的航行的目标。

托　比　请您试试您的腿吧,先生;把它们移动起来。

薇奥拉　我的腿倒是听我使唤,爵士,可是我却听不懂您

第十二夜

叫我试试我的腿是什么意思?

托　比　我的意思是,先生,请您走,请您进去。

薇奥拉　好,我就移步前进。可是人家已经先来了。

奥丽维娅及玛利娅上。

薇奥拉　最卓越最完美的小姐,愿诸天为您散下芬芳的香雾!

安德鲁　那年轻人是一个出色的廷臣。"散下芬芳的香雾"!好得很。

薇奥拉　我的来意,小姐,只能让您自己的玉耳眷听。

安德鲁　"香雾"、"玉耳"、"眷听",我已经学会了三句话了。

奥丽维娅　关上园门,让我们两人谈话。(托比、安德鲁、玛利娅同下)把你的手给我,先生。

薇奥拉　小姐,我愿意奉献我的绵薄之力为您效劳。

奥丽维娅　你叫什么名字?

薇奥拉　您仆人的名字是西萨里奥,美貌的公主。

奥丽维娅　我的仆人,先生!自从假作卑恭认为是一种恭维之后,世界上从此不曾有过乐趣。你是奥西诺公爵的仆人,年轻人。

薇奥拉　他是您的仆人,他的仆人自然也是您的仆人;您的仆人的仆人便是您的仆人,小姐。

奥丽维娅　我不高兴想他;我希望他心里空无所有,不要充满着我。

薇奥拉　小姐,我来是要替他说动您那颗温柔的心。

奥丽维娅　啊! 对不起,请你不要再提起他了。可是如果你肯为另外一个人求爱,我愿意听你的请求,胜于听天乐。

薇奥拉　亲爱的小姐——

奥丽维娅　对不起,让我说句话。上次你到这儿来把我迷醉了之后,我叫人拿了个戒指追你;我欺骗了我自己,欺骗了我的仆人,也许欺骗了你;我用那种无耻的狡狯把你明知道不属于你的东西强纳在你手里,一定会使你看不起我。你会怎样想呢? 你不曾把我的名誉拴在桩柱上,让你那残酷的心所想得到的一切思想恣意地把它虐弄吧? 像你这样敏慧的人,我已经表示得太露骨了;掩藏着我的心事的,只是一层

第十二夜

　　薄薄的蝉纱。所以,让我听你的意见吧。

薇奥拉　我可怜你。

奥丽维娅　那是到达恋爱的一个阶段。

薇奥拉　不,此路不通,我们对敌人也往往会发生怜悯,这是常有的经验。

奥丽维娅　啊,听了你的话,我倒是又要笑起来了。世界啊!微贱的人多么容易骄傲!要是作了俘虏,那么落于狮子的爪下比之豺狼的吻中要幸运多少啊!(钟鸣)时钟在谴责我把时间浪费。别担心,好孩子,我不会留住你。可是等到才情和青春成熟之后,你的妻子将会收获到一个出色的男人。向西是你的路。

薇奥拉　那么向西开步走!愿小姐称心如意!您没有什么话要我向我的主人说吗,小姐?

奥丽维娅　且慢,请你告诉我你以为我这人怎样?

薇奥拉　我以为你以为你不是你自己。

奥丽维娅　要是我以为这样,我以为你也是这样。

薇奥拉　你猜想得不错,我不是我自己。

Twelfth Night

奥丽维娅　我希望你是我所希望于你的那种人！

薇奥拉　那是不是比现在的我要好些，小姐？我希望好一些，因为现在我不过是你的弄人。

奥丽维娅　唉！他嘴角的轻蔑和怒气，
　　　　　冷然的神态可多么美丽！
　　　　　爱比杀人重罪更难隐藏；
　　　　　爱的黑夜有中午的阳光。
　　　　　西萨里奥，凭着春日蔷薇、
　　　　　贞操、忠信与一切，我爱你
　　　　　这样真诚，不顾你的骄傲，
　　　　　理智拦不住热情的宣告。
　　　　　别以为我这样向你求情，
　　　　　你就可以无须再献殷勤；
　　　　　须知求得的爱虽费心力，
　　　　　不劳而获的更应该珍惜。

薇奥拉　我起誓，凭着天真与青春，
　　　　我只有一条心一片忠诚，
　　　　没有女人能够把它占有，

第 十 二 夜

     只有我是我自己的君后。

     别了,小姐,我从此不再来

     为我主人向你苦苦陈哀。

奥丽维娅　你不妨再来,也许能感动

     我释去憎嫌把感情珍重。(同下。)

第二场　奥丽维娅宅中一室

托比·培尔契爵士,安德鲁·艾古契克爵士及费边上。

安德鲁　不,真的,我再不能住下去了。

托　比　为什么呢,恼火的朋友?说出你的理由来。

费　边　是啊,安德鲁爵士,您得说出个理由来。

安德鲁　嘿,我见你的侄小姐对待那个公爵的用人比之待我好得多;我在花园里瞧见的。

托　比　她那时也看见你吗,老兄?告诉我。

安德鲁　就像我现在看见你一样明白。

费　边　那正是她爱您的一个很好的证据。

安德鲁　啐!你把我当作一头驴子吗?

Twelfth Night

费　边　大人,我可以用判断和推理来证明这句话的不错。

托　比　说得好,判断和推理在挪亚①还没有上船以前,已经就当上陪审官了。

费　边　她当着您的脸对那个少年表示殷勤,是要叫您发急,唤醒您那打瞌睡的勇气,给您的心里燃起火来,在您的肝脏里加点儿硫磺罢了。您那时就该走上去向她招呼,说几句崭新的俏皮话儿叫那年轻人哑口无言。她盼望您这样,可是您却大意错过了。您放过了这么一个大好的机会,我的小姐自然要冷淡您啦;您目前在她心里的地位就像挂在荷兰人胡须上的冰柱一样,除非您能用勇气或是手段干出一些出色的勾当,才可以挽回过来。

安德鲁　无论如何,我宁愿用勇气;因为我顶讨厌使手段。叫我做个政客,还不如做个布朗派②的教徒。

---

① 挪亚(Noah)及其方舟的故事,见《圣经·创世记》第六章。
② 布朗派为英国伊丽莎白时代清教徒布朗(Robert Browne)所创的教派。

第十二夜

托 比　好啊,那么把你的命运建筑在勇气上吧。给我去向那公爵差来的少年挑战,在他身上戳十来个窟窿,我的侄女一定会注意到。你可以相信,世上没有一个媒人会比一个勇敢的名声更能说动女人的心了。

费 边　此外可没有别的办法了,安德鲁大人。

安德鲁　你们谁肯替我向他下战书?

托 比　快去用一手虎虎有威的笔法写起来;要干脆简单;不用说俏皮话,只要言之成理,别出心裁就得了。尽你的笔墨所能把他嘲骂;要是你把他"你"啊"你"的"你"了三四次,那不会有错;再把纸上写满了谎,即使你的纸大得足以铺满英国威尔地方的那张大床①。快去写吧。把你的墨水里掺满着怨毒,虽然你用的是一支鹅毛笔。去吧。

安德鲁　我到什么地方来见你们?

托 比　我们会到你房间里来看你;去吧。(安德鲁下。)

---

① 该床方十一呎,今尚存。

费　边　这是您的一个宝货,托比老爷。

托　比　我倒累他破费过不少呢,孩儿,约莫有两千多块钱的样子。

费　边　我们就可以看到他的一封妙信了。可是您不会给他送去的吧?

托　比　要是我不送去,你别相信我;我一定要把那年轻人激出一个回音来。我想就是叫牛儿拉着车绳也拉不拢他们两人在一起。你把安德鲁解剖开来,要是能在他肝脏里找得出一滴可以沾湿一只跳蚤的脚的血,我愿意把他那副臭皮囊吃下去。

费　边　他那个对头的年轻人,照那副相貌看来,也不像是会下辣手的。

托　比　瞧,一窠九只的鹡鸰中顶小的一只来了。

　　　　玛利娅上。

玛利娅　要是你们愿意捧腹大笑,不怕笑到腰酸背痛,那么跟我来吧。那只蠢鹅马伏里奥已经信了邪道,变成一个十足的异教徒了;因为没有一个相信正道而希望得救的基督徒,会做出这种丑恶不堪的奇形怪状来的。他穿着黄袜子呢。

托　　比　袜带是十字交叉的吗?

玛利娅　再难看不过的了,就像个在寺院里开学堂的塾师先生。我像是他的刺客一样紧跟着他。我故意掉下来诱他的那封信上的话,他每一句都听从;他笑容满面,脸上的皱纹比增添了东印度群岛的新地图上的线纹还多。你们从来不曾见过这样一个东西;我真忍不住要向他丢东西过去。我知道小姐一定会打他;要是她打了他,他一定仍然会笑,以为是一件大恩典。

托　　比　来,带我们去,带我们到他那儿去。(同下。)

第三场　街　道

西巴斯辛及安东尼奥上。

西巴斯辛　我本来不愿意麻烦你;可是你既然这样欢喜自己劳碌,那么我也不再向你多话了。

安东尼奥　我抛不下你;我的愿望比磨过的刀还要锐利

Twelfth Night

地驱迫着我。虽然为了要看见你,再远的路我也会跟着你去;可并不全然为着这个理由:我担心你在这些地方是个陌生人,路上也许会碰到些什么;一路没人领导没有朋友的异乡客,出门总有许多不方便。我的诚心的爱,再加上这样使我忧虑的理由,迫使我来追赶你。

西巴斯辛　我的善良的安东尼奥,除了感谢、感谢、永远的感谢之外,再没有别的话好回答你了。一件好事常常只换得一声空口的道谢;可是我的钱财假如能跟我的衷心的感谢一样多,你的好心一定不会得不到重重的酬报。我们干些什么呢?要不要去瞧瞧这城里的古迹?

安东尼奥　明天吧,先生;还是先去找个下处。

西巴斯辛　我并不疲倦,到天黑还有许多时候呢;让我们去瞧瞧这儿的名胜,一饱眼福吧。

安东尼奥　请你原谅我;我在这一带街道上走路是冒着危险的。从前我曾经参加海战,和公爵的舰队作过对;那时我很立了一点功,假如在这儿给捉到了,可

第十二夜

不知要怎样抵罪哩。

西巴斯辛　大概你杀死了很多的人吧？

安东尼奥　我的罪名并不是这么一种杀人流血的性质；虽然照那时的情形和争执的激烈看来，很容易有流血的可能。本来把我们夺来的东西还给了他们，就可以和平解决了，我们城里大多数人为了经商，也都这样做了；可是我却不肯屈服：因此，要是我在这儿给捉到了的话，他们决不会轻轻放过我。

西巴斯辛　那么你不要太出来招摇吧。

安东尼奥　那的确不大妥当。先生，这儿是我的钱袋，请你拿着吧。南郊的大象旅店是最好的下宿的地方，我先去定好膳宿；你可以在城里逛着见识见识，再到那边来见我好了。

西巴斯辛　为什么你要把你的钱袋给我？

安东尼奥　也许你会看中什么玩意儿想要买下；我知道你的钱不够买这些非急用的东西，先生。

西巴斯辛　好，我就替你保管你的钱袋；过一个钟头再见吧。

Twelfth Night

安东尼奥　在大象旅店。

西巴斯辛　我记得。(各下。)

第四场　奥丽维娅的花园

奥丽维娅及玛利娅上。

奥丽维娅　我已经差人去请他了。假如他肯来,我要怎样款待他呢?我要给他些什么呢?因为年轻人常常是买来的,而不是讨来或借来的。我说得太高声了。马伏里奥在哪儿呢?他这人很严肃,懂得规矩,以我目前的处境来说,很配做我的仆人。马伏里奥在什么地方?

玛利娅　他就来了,小姐;可是他的样子古怪得很。他一定给鬼迷了,小姐。

奥丽维娅　啊,怎么啦?他在说胡话吗?

玛利娅　不,小姐;他只是一味笑。他来的时候,小姐,您最好叫人保护着您,因为这人的神经有点不正常呢。

奥丽维娅　去叫他来。(玛利娅下。)

第十二夜

他是痴汉,我也是个疯婆;

他欢喜,我忧愁,一样糊涂。

玛利娅偕马伏里奥重上。

奥丽维娅　怎样,马伏里奥!

马伏里奥　亲爱的小姐,哈哈!

奥丽维娅　你笑吗?我要差你做一件正经事呢,别那么快活。

马伏里奥　不快活,小姐!我当然可以不快活,这种十字交叉的袜带扎得我血脉不通;可是那有什么要紧呢?只要能叫一个人看了欢喜,那就像诗上所说的"一人欢喜,人人欢喜"了。

奥丽维娅　什么,你怎么啦,家伙?究竟是怎么一回事?

马伏里奥　我的腿儿虽然是黄的,我的心儿却不黑。那信已经到了他的手里,命令一定要服从。我想那一手簪花妙楷我们都是认得出来的。

奥丽维娅　你还是睡觉去吧,马伏里奥。

马伏里奥　睡觉去!对了,好人儿;我一定奉陪。

奥丽维娅　上帝保佑你!为什么你这样笑着,还老是吻

Twelfth Night

你的手?

玛利娅　您怎么啦,马伏里奥?

马伏里奥　多承见问!是的,夜莺应该回答乌鸦的问话。

玛利娅　您为什么当着小姐的面前这样放肆?

马伏里奥　"不用惧怕富贵",写得很好!

奥丽维娅　你说那话是什么意思,马伏里奥?

马伏里奥　"有的人是生来的富贵"——

奥丽维娅　嘿!

马伏里奥　"有的人是挣来的富贵"——

奥丽维娅　你说什么?

马伏里奥　"有的人是送上来的富贵。"

奥丽维娅　上天保佑你!

马伏里奥　"记着谁曾经赞美过你的黄袜子"——

奥丽维娅　你的黄袜子!

马伏里奥　"愿意看见你永远扎着十字交叉的袜带。"

奥丽维娅　扎着十字交叉的袜带!

马伏里奥　"好,只要你自己愿意,你就可以出头了"——

第十二夜

奥丽维娅　我就可以出头了?

马伏里奥　"否则让我见你一生一世做个管家吧。"

奥丽维娅　哎哟,这家伙简直中了暑在发疯了。

　　　　一仆人上。

仆　人　小姐,奥西诺公爵的那位青年使者回来了,我好容易才请他回来。他在等候着小姐的意旨。

奥丽维娅　我就去见他。(仆人下)好玛利娅,这家伙要好好看管。我的托比叔父呢?叫几个人加意留心着他;我宁可失掉我嫁妆的一半,也不希望看到他有什么意外。(奥丽维娅、玛利娅下。)

马伏里奥　啊,哈哈!你现在明白了吗?不叫别人,却叫托比爵士来照看我!我正合信上所说的:她有意叫他来,好让我跟他顶撞一下;因为她信里正要我这样。"脱去你卑恭的旧习;"她说,"对亲戚不妨分庭抗礼,对仆人不妨摆摆架子;你嘴里要鼓唇弄舌地谈些国家大事,装出一副矜持的样子。"随后还写着怎样装出一副严肃的面孔、庄重的举止、慢声慢气的说话腔调,学着大人先生的样子,诸如此类。我已经捉到她了;可是那是上帝的功劳,感谢上帝!而且她刚才临去的时候,她说:"这家伙要好好看管。"家伙!不说马伏里奥,也不照我的地位称呼我,而叫我家伙。哈哈,一切都符合,一点儿没有疑惑,一点儿没有阻碍,一点儿没有不放心的地方。还有什么好说呢?什么也不能阻止我达到我的全部的希望。好,干这种事情的是上帝,不是我,感谢上帝!

玛利娅偕托比·培尔契爵士及费边上。

托比　凭着神圣的名义,他在哪儿?要是地狱里的群鬼都缩小了身子,一起走进他的身体里去,我也要跟他说话。

费边　他在这儿,他在这儿。您怎么啦,大爷?您怎么啦,老兄?

马伏里奥　走开,我用不着你;别搅扰了我的安静。走开!

玛利娅　听,魔鬼在他嘴里说着鬼话了!我不是对您说过吗?托比老爷,小姐请您看顾看顾他。

马伏里奥　啊!啊!她这样说吗?

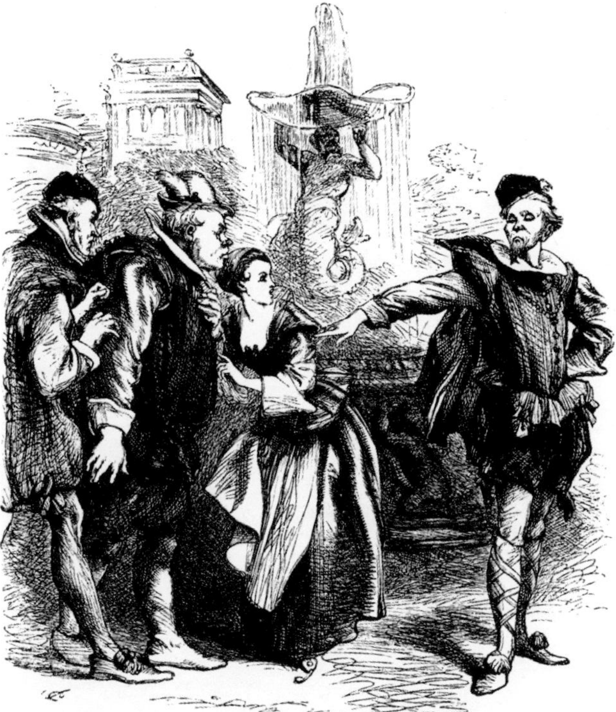

第十二夜

托　比　好了,好了,别闹了吧!我们一定要客客气气对付他;让我一个人来吧。——你好,马伏里奥?你怎么啦?嘿,老兄!抵抗魔鬼呀!你想,他是人类的仇敌呢。

马伏里奥　你知道你在说些什么话吗?

玛利娅　你们瞧!你们一说了魔鬼的坏话,他就生气了。求求上帝,不要让他中了鬼迷才好!

费　边　把他的小便送到巫婆那边去吧。

玛利娅　好,明天早晨一定送去。我的小姐舍不得他哩。

马伏里奥　怎么,姑娘!

玛利娅　主啊!

托　比　请你别闹,这不是个办法;你不见你惹他生气了吗?让我来对付他。

费　边　除了用软功之外,没有别的法子;轻轻地、轻轻地,魔鬼是个粗坯,你要跟他动粗是不行的。

托　比　喂,怎么啦,我的好家伙!你好,好人儿?

马伏里奥　爵士!

托　比　噉,小鸡,跟我来吧。嘿,老兄!跟魔鬼在一起玩可不对。该死的黑鬼!

玛利娅　叫他念祈祷,好托比老爷,叫他祈祷。

马伏里奥　念祈祷,小淫妇!

玛利娅　你们听着,跟他讲到关于上帝的话,他就听不进去了。

马伏里奥　你们全给我去上吊吧!你们都是些浅薄无聊的东西;我不是跟你们一样的人。你们就会知道的。(下。)

托　比　有这等事吗?

费　边　要是这种情形在舞台上表演起来,我一定要批评它捏造得出乎情理之外。

托　比　这个计策已经把他迷得神魂颠倒了,老兄。

玛利娅　还是追上他去吧;也许这计策一漏了风,就会毁掉。

费　边　嗳,我们真的要叫他发起疯来。

玛利娅　那时屋子里可以清静些。

托　比　来,我们要把他捆起来关在一间暗室里。我的侄女已经相信他疯了;我们可以这样依计而行,让我

第十二夜

们开开心,叫他吃吃苦头。等到我们开腻了这玩笑,再向他发起慈悲来;那时我们宣布我们的计策,把你封作疯人的发现者。可是瞧,瞧!

安德鲁·艾古契克爵士上。

费　边　又有别的花样来了。

安德鲁　挑战书已经写好在此,你读读看;念上去就像酸醋胡椒的味道呢。

费　边　是这样厉害吗?

安德鲁　对了,我向他保证的;你只要读着好了。

托　比　给我。(读)"年轻人,不管你是谁,你不过是个下贱的东西。"

费　边　好,真勇敢!

托　比　"不要吃惊,也不要奇怪为什么我这样称呼你,因为我不愿告诉你是什么理由。"

费　边　一句很好的话,这样您就可以不受法律的攻击了。

托　比　"你来见奥丽维娅小姐,她当着我的面把你厚待;可是你说谎,那并不是我要向你挑战的理由。"

费　边　很简单明白,而且百分之百地——不通。

托　比　"我要在你回去的时候埋伏着等候你;要是命该你把我杀死的话——"

费　边　很好。

托　比　"你便是个坏蛋和恶人。"

费　边　您仍旧避过了法律方面的责任,很好。

托　比　"再会吧;上帝超度我们两人中一人的灵魂吧!也许他会超度我的灵魂;可是我比你有希望一些,所以你留心着自己吧。你的朋友(这要看你怎样对待他),和你的誓不两立的仇敌,安德鲁·艾古契克上。"——要是这封信不能激动他,那么他的两条腿也不能走动了。我去送给他。

玛利娅　您有很凑巧的机会;他现在正在跟小姐谈话,等会儿就要出来了。

托　比　去,安德鲁大人,给我在园子角落里等着他,像个衙役似的;一看见他,便拔出剑来;一拔剑,就高声咒骂;一句可怕的咒骂,神气活现地从嘴里厉声发出来,比之真才实艺更能叫人相信他是个了不得的家

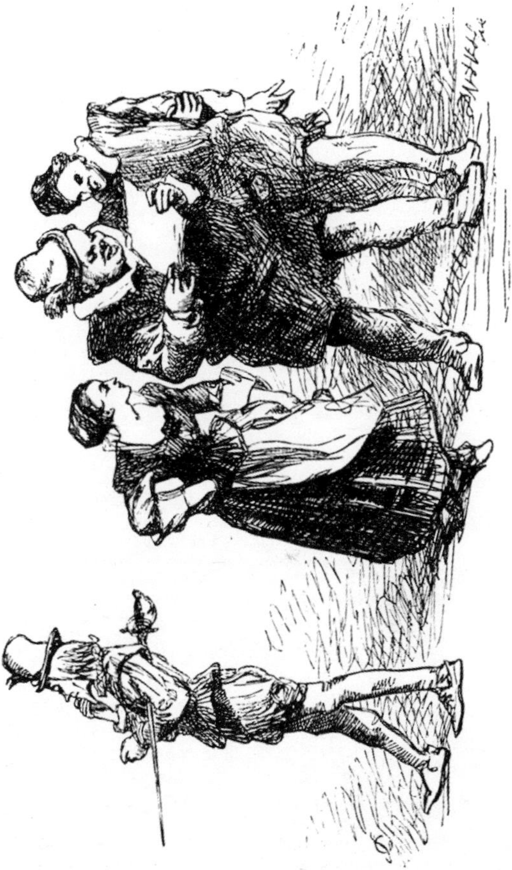

第十二夜

伙。去吧!

安德鲁　好,骂人的事情我自己会。(下。)

托　比　我可不去送这封信。因为照这位青年的举止看来,是个很有资格很有教养的人,否则他的主人不会差他来拉拢我的侄女的。这封信写得那么奇妙不通,一定不会叫这青年害怕;他一定会以为这是一个呆子写的。可是,老兄,我要口头去替他挑战,故意夸张艾古契克的勇气,让这位仁兄相信他是个勇猛暴躁的家伙;我知道他那样年轻一定会害怕起来的。这样他们两人便会彼此害怕,就像眼光能杀人的毒蜥蜴似的,两人一照面,就都呜呼哀哉了。

费　边　他和您的侄小姐来了;让我们回避他们,等他告别之后再追上去。

托　比　我可以想出几句可怕的挑战话儿来。(托比、费边、玛利娅下。)

　　　　　奥丽维娅偕薇奥拉重上。

奥丽维娅　我对一颗石子样的心太多费唇舌了,卤莽地把我的名誉下了赌注。我心里有些埋怨自己的错;

可是那是个极其倔强的错,埋怨只能招它一阵讪笑。

薇奥拉　我主人的悲哀也正和您这种痴情的样子相同。

奥丽维娅　拿着,为我的缘故把这玩意儿戴在你身上吧,那上面有我的小像。不要拒绝它,它不会多话讨你厌的。请你明天再过来。你无论向我要什么,只要于我的名誉没有妨碍,我都可以给你。

薇奥拉　我向您要的,只是请您把真心的爱给我的主人。

奥丽维娅　那我已经给了你了,怎么还能凭着我的名誉再给他呢?

薇奥拉　我可以奉还给你。

奥丽维娅　好,明天再来吧。

再见!像你这样一个恶魔,

我甘愿被你向地狱里拖。(下。)

托比·培尔契爵士及费边重上。

托　比　先生,上帝保佑你!

薇奥拉　上帝保佑您,爵士!

托　比　准备着防御吧。我不知道你做了什么对不起他的事情;可是你那位对头满心怀恨,一股子的杀气在

第 十 二 夜

园子尽头等着你呢。拔出你的剑来,赶快预备好;因为你的敌人是个敏捷精明而可怕的人。

薇奥拉　您弄错了,爵士,我相信没人会跟我争吵;我完全不记得我曾经得罪过什么人。

托　比　你会知道事情是恰恰相反的,我告诉你;所以要是你看重你的生命的话,留点神吧;因为你的冤家年轻力壮,武艺不凡,火气又那么大。

薇奥拉　请问爵士,他是谁呀?

托　比　他是个不靠军功而受封的骑士;可是跟人吵起架来,那简直是个魔鬼:他已经叫三个人的灵魂出壳了。现在他的怒气已经一发而不可收拾,非把人杀死送进坟墓里去决不甘心。他的格言是不管三七二十一,拼个你死我活。

薇奥拉　我要回到府里去请小姐派几个人给我保镖。我不会跟人打架。我听说有些人故意向别人寻事,试验他们的勇气;这个人大概也是这一类的。

托　比　不,先生,他的发怒是有充分理由的,因为你得罪了他;所以你还是上去答应他的要求吧。你不能

Twelfth Night

　　回到屋子里去,除非你在没有跟他交手之前先跟我比个高低。横竖都得冒险,你何必不去会会他呢?所以上去吧,把你的剑赤条条地拔出来;无论如何你非得动手不可,否则以后你再不用带剑了。

薇奥拉　这真是既无礼又古怪。请您帮我一下忙,去问问那骑士我得罪了他什么。那一定是我偶然的疏忽,决不是有意的。

托　比　我就去问他。费边先生,你陪着这位先生等我回来。(下。)

薇奥拉　先生,请问您知道这是怎么一回事吗?

费　边　我知道那骑士对您很不乐意,抱着拼命的决心;可是详细的情形却不知道。

薇奥拉　请您告诉我他是个什么样子的人?

费　边　照他的外表上看起来,并没有什么惊人的地方;可是您跟他一交手,就知道他的厉害了。他,先生,的确是您在伊利里亚无论哪个地方所碰得到的最有本领、最凶狠、最厉害的敌手。您就过去见他好不好?我愿意替您跟他讲和,要是能够的话。

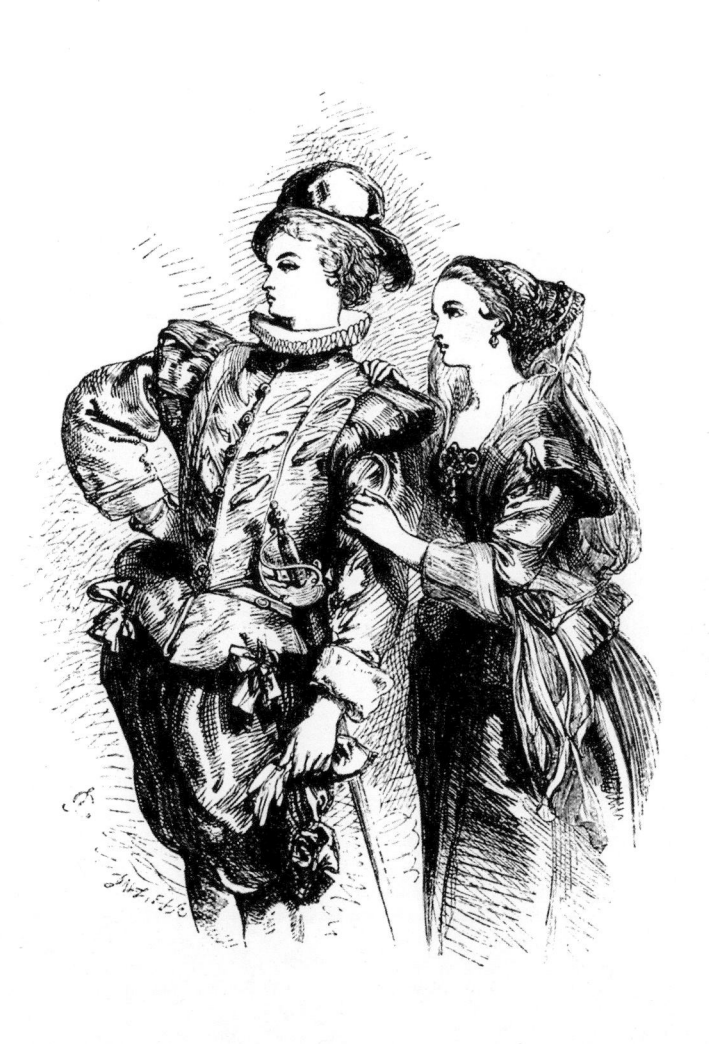

第十二夜

薇奥拉　那多谢您了。我是个宁愿亲近教士不愿亲近骑士的人;我这副小胆子,即使让别人知道了,我也不在乎。(同下。)

　　　　托比及安德鲁重上。

托　比　嘿,老兄,他才是个魔鬼呢;我从来不曾见过这么一个泼货。我跟他连剑带鞘较量了一回,他给我这么致命的一刺,简直无从招架;至于他还起手来,那简直像是你的脚踏在地上一样万无一失。他们说他曾经在波斯王宫里当过剑师。

安德鲁　糟了!我不高兴跟他动手。

托　比　好,但是他可不肯甘休呢;费边在那边简直拦不住他。

安德鲁　该死!早知道他有这种本领,我再也不去惹他的。假如他肯放过这回,我情愿把我的灰色马儿送给他。

托　比　我去跟他说去。站在这儿,摆出些威势来;这件事情总可以和平了结的。(旁白)你的马儿少不得要让我来骑,你可大大地给我捉弄了。

Twelfth Night

　　　　费边及薇奥拉重上。

托　比　(向费边)我已经叫他把他的马儿送上议和。我已经叫他相信这孩子是个魔鬼。

费　边　他也是十分害怕他,吓得心惊肉跳脸色发白,像是一头熊追在背后似的。

托　比　(向薇奥拉)没有法子,先生;他因为已经发过了誓,非得跟你决斗一下不可。他已经把这回吵闹考虑过,认为起因的确是微不足道的;所以为了他所发的誓起见,拔出你的剑来吧,他声明他不会伤害你的。

薇奥拉　(旁白)求上帝保佑我!一点点事情就会给他们知道我是不配当男人的。

费　边　要是你见他势不可当,就让让他吧。

托　比　来,安德鲁爵士,没有办法,这位先生为了他的名誉起见,不得不跟你较量一下,按着决斗的规则,他不能规避这一回事;可是他已经答应我,因为他是个堂堂君子又是个军人,他不会伤害你的。来吧,上去!

第十二夜

安德鲁　求上帝让他不要背誓！（拔剑。）

薇奥拉　相信我,这全然不是出于我的本意。（拔剑。）

　　　　安东尼奥上。

安东尼奥　放下你的剑。要是这位年轻的先生得罪了你,我替他担个不是;要是你得罪了他,我可不肯对你甘休。（拔剑。）

托　比　你,朋友！咦,你是谁呀?

安东尼奥　先生,我是他的好朋友;为了他的缘故,无论什么事情说得出的便做得到。

托　比　好吧,你既然这样喜欢管人家的闲事,我就奉陪了。（拔剑。）

费　边　啊,好托比老爷,住手吧！警官们来了。

托　比　过会儿再跟你算账。

薇奥拉　（向安德鲁）先生,请你放下你的剑吧。

安德鲁　好,放下就放下,朋友;我可以向你担保,我的话说过就算数。那匹马你骑起来准很舒服,它也很听话。

　　　　二警吏上。

警吏甲　就是这个人;执行你的任务吧。

警吏乙　安东尼奥,我奉奥西诺公爵之命来逮捕你。

安东尼奥　你看错人了,朋友。

警吏甲　不,先生,一点没有错。我很认识你的脸,虽然你现在头上不戴着水手的帽子。——把他带走,他知道我认识他的。

安东尼奥　我只好服从。(向薇奥拉)这场祸事都是因为要来寻找你而起;可是没有办法,我必得服罪。现在我不得不向你要回我的钱袋了,你预备怎样呢?叫我难过的倒不是我自己的遭遇,而是不能给你尽一点力。你吃惊吗?请你宽心吧。

警吏乙　来,朋友,去吧。

安东尼奥　那笔钱我必须向你要几个。

薇奥拉　什么钱,先生?为了您在这儿对我的好意相助,又看见您现在的不幸,我愿意尽我的微弱的力量借给您几个钱;我是个穷小子,这儿随身带着的钱,可以跟您平分。拿着吧,这是我一半的家私。

安东尼奥　你现在不认识我了吗?难道我给你的好处不

第十二夜

能使你心动吗?别看着我倒霉好欺侮,要是激起我的性子来,我也会不顾一切,向你一一数说你的忘恩负义的。

薇奥拉　我一点不知道;您的声音相貌我也完全不认识。我痛恨人们的忘恩,比之痛恨说谎、虚荣、饶舌、酗酒,或是其他存在于脆弱的人心中的陷入的恶德还要厉害。

安东尼奥　唉,天哪!

警吏乙　好了,对不起,朋友,走吧。

安东尼奥　让我再说句话,你们瞧这个孩子,他是我从死神的掌握中夺了来的,我用神圣的爱心照顾着他;我以为他的样子是个好人,才那样看重着他。

警吏甲　那跟我们有什么相干呢?别耽误了时间,去吧!

安东尼奥　可是唉!这个天神一样的人,原来却是个邪魔外道!西巴斯辛,你未免太羞辱了你这副好相貌了。

心上的瑕疵是真的垢污;
无情的人才是残废之徒。

Twelfth Night

　　　　　善即是美；但美丽的奸恶，

　　　　　是魔鬼雕就文彩的空椟。

警吏甲　这家伙发疯了；带他去吧！来，来，先生。

安东尼奥　带我去吧。（警吏带安东尼奥下。）

薇奥拉　他的话儿句句发自衷肠；

　　　　他坚持不疑，我意乱心慌。

　　　　但愿想象的事果真不错，

　　　　是他把妹妹错认作哥哥！

托　比　过来，骑士；过来，费边；让我们悄悄地讲几句聪明话。

薇奥拉　他说起西巴斯辛的名字，

　　　　我哥哥正是我镜中影子，

　　　　兄妹俩生就一般的形状，

　　　　再加上穿扮得一模一样；

　　　　但愿暴风雨真发了慈心，

　　　　无情的波浪变作了多情！（下。）

托　比　好一个刁滑的卑劣的孩子，比兔子还胆怯！他坐视朋友危急而不顾，还要装作不认识，可见他刁恶

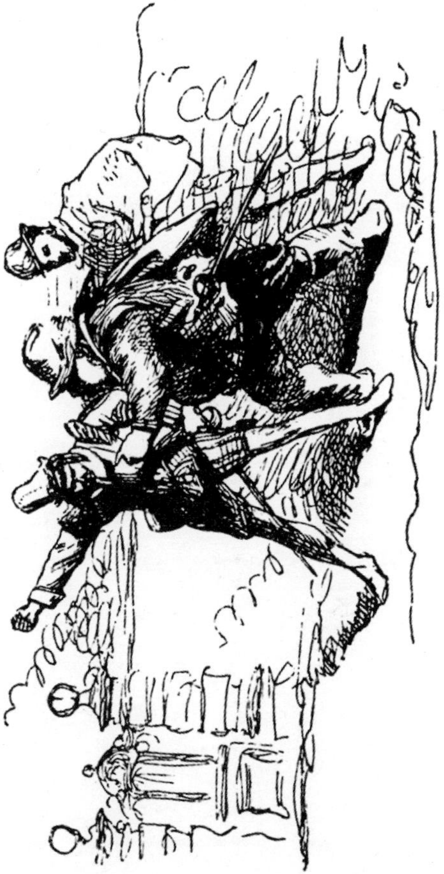

第十二夜

的一斑,至于他的胆怯呢,问费边好了。

费　边　一个懦夫,一个把怯懦当神灵一样敬奉的懦夫。

安德鲁　他妈的,我要追上去把他揍一顿。

托　比　好,把他狠狠地揍一顿,可是别拔出你的剑来。

安德鲁　要是我不——(下。)

费　边　来,让我们去瞧去。

托　比　我可以赌无论多少钱,到头来不会有什么事发生的。(同下。)

第 四 幕

第一场　奥丽维娅宅旁街道

西巴斯辛及小丑上。

小　　丑　你要我相信我不是差来请你的吗?

西巴斯辛　算了吧,算了吧,你是个傻瓜;给我走开去。

小　　丑　装腔装得真好!是的,我不认识你;我的小姐也不会差我来请你去讲话;你的名字也不是西萨里奥大爷。什么都不是。

西巴斯辛　请你到别处去大放厥词吧;你又不认识我。

小　　丑　大放厥词!他从什么大人物那儿听了这句话,

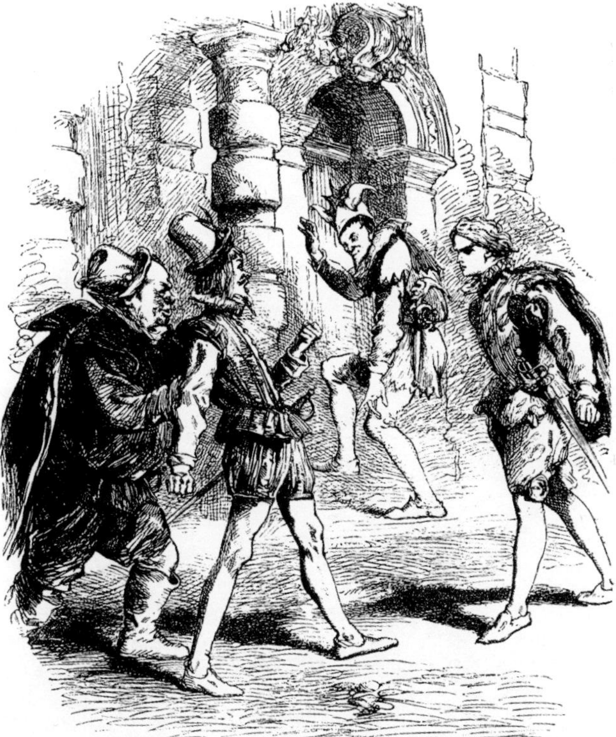

第十二夜

却来用在一个傻瓜身上。大放厥词!我担心整个痴愚的世界都要装腔作态起来了。请你别那么怯生生的,告诉我应当向我的小姐放些什么"厥词"。要不要对她说你就来?

西巴斯辛　傻东西,请你走开吧;这儿有钱给你;要是你再不去,我可就要不客气了。

小　丑　真的,你倒是很慷慨。这种聪明人把钱给傻子,就像用十四年的收益来买一句好话。

　　　安德鲁上。

安德鲁　呀,朋友,我又碰见你了吗?吃这一下。(击西巴斯辛。)

西巴斯辛　怎么,给你尝尝这一下,这一下,这一下!(打安德鲁)所有的人们都疯了吗?

　　　托比及费边上。

托　比　停住,朋友,否则我要把你的刀子摔到屋子里去了。

小　丑　我就去把这事告诉我的小姐。我不愿凭两便士就代人受过。(下。)

托　　比　（拉西巴斯辛）算了，朋友，住手吧。

安德鲁　不，让他去吧。我要换一个法儿对付他。要是伊利里亚是有法律的话，我要告他非法殴打的罪；虽然是我先动手，可是那没有关系。

西巴斯辛　放下你的手！

托　　比　算了吧，朋友，我不能放走你。来，我的青年的勇士，放下你的家伙。你打架已经打够了；来吧。

西巴斯辛　你别想抓住我。（挣脱）现在你要怎样？要是你有胆子的话，拔出你的剑来吧。

托　　比　什么！什么！那么我倒要让你流几滴莽撞的血呢。（拔剑。）

　　　　　　奥丽维娅上。

奥丽维娅　住手，托比！我命令你！

托　　比　小姐！

奥丽维娅　有这等事吗？忘恩的恶人！只配住在从来不懂得礼貌的山林和洞窟里的。滚开！——别生气，亲爱的西萨里奥。——莽汉，走开！（托比、安德鲁、费边同下）好朋友，你是个有见识的人，这回的惊扰实

第十二夜

在太失礼、太不成话了,请你不要生气。跟我到舍下去吧;我可以告诉你这个恶人曾经多少次无缘无故地惹是招非,你听了就可以把这回事情一笑置之了。你一定要去的:

> 别推托!他灵魂该受天戮,
> 为你惊起了我心头小鹿。

西巴斯辛　滋味难名,不识其中奥妙;
　　　　　是疯眼昏迷?是梦魂颠倒?
　　　　　愿心魂永远在忘河沉浸;
　　　　　有这般好梦再不须梦醒!

奥丽维娅　请你来吧;你得听我的话。

西巴斯辛　小姐,遵命。

奥丽维娅　但愿这回非假!(同下。)

第二场　奥丽维娅宅中一室

<small>玛利娅及小丑上;马伏里奥在相接的暗室内。</small>

玛利娅　噘,我请你把这件袍子穿上,这把胡须套上,让

Twelfth Night

他相信你是副牧师托巴斯师傅。快些,我就去叫托比老爷来。(下。)

小　丑　好,我就穿起来,假装一下;我希望我是第一个扮作这种样子的。我的身材不够高,穿起来不怎么神气;略为胖一点,也不像个用功念书的:可是给人称赞一声是个老实汉子和很好的当家人,也就跟一个用心思的读书人一样好了。——那两个同党的来了。

托比·培尔契爵士及玛利娅上。

托　比　上帝祝福你,牧师先生!

小　丑　早安,托比大人!目不识丁的布拉格的老隐士曾经向高波杜克王的侄女说过这么一句聪明话:"是什么,就是什么。"因此,我既是牧师先生,也就是牧师先生;因为"什么"即是"什么","是"即是"是"。

托　比　走过去,托巴斯师傅。

小　丑　呃哼,喂!这监狱里平安呀!

托　比　这小子装得很像,好小子。

第十二夜

马伏里奥　（在内）谁在叫？

小　丑　副牧师托巴斯师傅来看疯人马伏里奥来了。

马伏里奥　托巴斯师傅，托巴斯师傅，托巴斯好师傅，请您到我小姐那儿去一趟。

小　丑　滚你的，胡言乱道的魔鬼！瞧这个人给你缠得这样子！只晓得嚷小姐吗？

托　比　说得好，牧师先生。

马伏里奥　（在内）托巴斯师傅，从来不曾有人给人这样冤枉过。托巴斯好师傅，别以为我疯了。他们把我关在这个暗无天日的地方。

小　丑　啐，你这不老实的撒旦！我用最客气的称呼叫你，因为我是个最有礼貌的人，即使对于魔鬼也不肯失礼。你说这屋子是黑的吗？

马伏里奥　像地狱一样，托巴斯师傅。

小　丑　嘿，它的凸窗像壁垒一样透明，它的向着南北方的顶窗像乌木一样发光呢；你还说看不见吗？

马伏里奥　我没有发疯，托巴斯师傅。我对您说，这屋子是黑的。

小　　丑　疯子,你错了。我对你说,世间并无黑暗,只有愚昧。埃及人在大雾中辨不清方向,还不及你在愚昧里那样发昏。

马伏里奥　我说,这座屋子简直像愚昧一样黑暗,即使愚昧是像地狱一样黑暗。我说,从来不曾有人给人这样欺侮过。我并不比您更疯;您不妨提出几个合理的问题来问我,试试我疯不疯。

小　　丑　毕达哥拉斯对于野鸟有什么意见?

马伏里奥　他说我们祖母的灵魂也许曾经在鸟儿的身体里寄住过。

小　　丑　你对于他的意见觉得怎样?

马伏里奥　我认为灵魂是高贵的,绝对不赞成他的说法。

小　　丑　再见,你在黑暗里住下去吧。等到你赞成了毕达哥拉斯的说法之后,我才可以承认你的头脑健全。留心别打山鹬,因为也许你要害得你祖母的灵魂流离失所了。再见。

马伏里奥　托巴斯师傅!托巴斯师傅!

托　　比　我的了不得的托巴斯师傅!

第十二夜

小　丑　嘿,我可真是多才多艺呢。

玛利娅　你就是不挂胡须不穿道袍也没有关系;他又看不见你。

托　比　你再用你自己的口音去对他说话;怎样的情形再来告诉我。我希望这场恶作剧快快告个段落。要是不妨把他释放,我看就放了他吧;因为我已经大大地失去了我侄女的欢心,倘把这玩意儿尽管闹下去,恐怕不大妥当。等会儿到我的屋子里来吧。(托比、玛利娅下。)

小　丑

嗨,罗宾,快活的罗宾哥,

问你的姑娘近况如何。

马伏里奥　傻子!

小　丑

不骗你,她心肠有点硬。

马伏里奥　傻子!

小　丑

唉,为了什么原因,请问?

马伏里奥　喂,傻子!

小　丑

　　　　她已经爱上了别人。

——嘿!谁叫我?

马伏里奥　好傻子,谢谢你给我拿一支蜡烛、笔、墨水和纸张来,以后我不会亏待你的。君子不扯谎,我永远感你的恩。

小　丑　马伏里奥大爷吗?

马伏里奥　是的,好傻子。

小　丑　唉,大爷,您怎么会发起疯来呢?

马伏里奥　傻子,从来不曾有人给人这样欺侮过。我的头脑跟你一样清楚呢,傻子。

小　丑　跟我一样?那么您真的是疯了,要是您的头脑跟傻子差不多。

马伏里奥　他们把我当作一件家具看待,把我关在黑暗里,差牧师们——那些蠢驴子!——来看我,千方百计想把我弄昏了头。

小　丑　您说话留点神吧;牧师就在这儿呢。——马伏

第十二夜

里奥,马伏里奥,上天保佑你明白过来吧!好好地睡睡觉儿,别噜哩噜苏地讲空话。

马伏里奥　托巴斯师傅!

小　丑　别跟他说话,好伙计。——谁?我吗,师傅?我可不要跟他说话哩,师傅。上帝和您同在,好托巴斯师傅!——呃,阿门!——好的,师傅,好的。

马伏里奥　傻子,傻子,傻子,我对你说!

小　丑　唉,大爷,您耐心吧!您怎么说,师傅?——师傅怪我跟您说话哩。

马伏里奥　好傻子,给我拿一点儿灯火和纸张来。我对你说,我跟伊利里亚无论哪个人一样头脑清楚呢。

小　丑　唉,我巴不得这样呢,大爷!

马伏里奥　我可以举手发誓我没有发疯。好傻子,拿墨水、纸和灯火来;我写好之后,你去替我送给小姐。你送了这封信去,一定会到手一笔空前的大赏赐的。

小　丑　我愿意帮您的忙。但是老实告诉我,您是不是真的疯了,还是装疯?

Twelfth Night

马伏里奥 相信我,我没有发疯,我老实告诉你。

小　丑 嘿,我可信不过一个疯子的话,除非我能看见他的脑子。我去给您拿蜡烛、纸和墨水。

马伏里奥 傻子,我一定会重重报答你。请你去吧。

小　丑

　　大爷我去了,

　　　请您不要吵,

　　不多一会的时光,

　　　小鬼再来见魔王;

　　手拿木板刀,

　　　胸中如火烧,

　　向着魔鬼打哈哈,

　　样子像个疯娃娃:

　　爹爹不要恼,

　　　给您剪指爪,

　　再见,我的魔王爷!(下。)

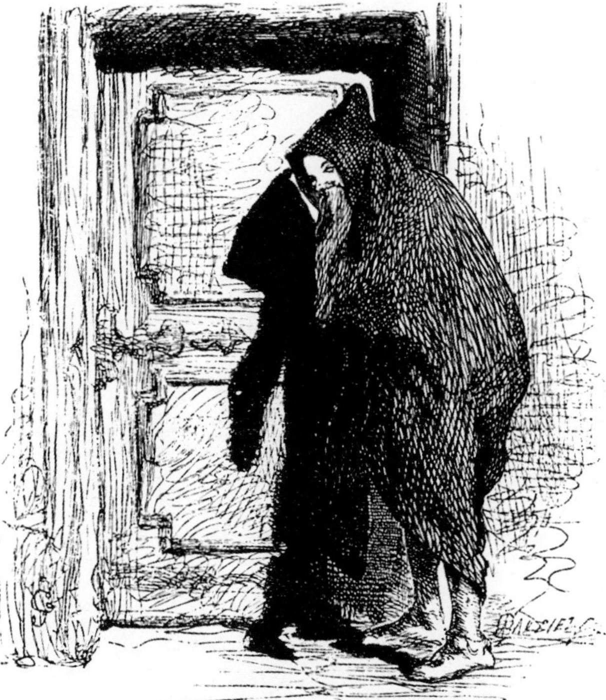

第十二夜

第三场　奥丽维娅的花园

西巴斯辛上。

西巴斯辛　这是空气;那是灿烂的太阳;这是她给我的珍珠,我看得见也摸得到:虽然怪事这样包围着我,然而却不是疯狂。那么安东尼奥到哪儿去了呢?我在大象旅店里找不到他;可是他曾经到过那边,据说他到城中各处寻找我去了。现在我很需要他的指教;因为虽然我心里很觉得这也许是出于错误,而并非是一种疯狂的举动,可是这种意外和飞来的好运太有些未之前闻,无可理解了,我简直不敢相信我的眼睛;无论我的理智怎样向我解释,我总觉得不是我疯了便是这位小姐疯了。可是,真是这样的话,她一定不会那样井井有条,神气那么端庄地操持她的家务,指挥她的仆人,料理一切的事情,如同我所看见的那样。其中一定有些蹊跷。她来了。

奥丽维娅及一牧师上。

奥丽维娅　不要怪我太性急。要是你没有坏心肠的话,现在就跟我和这位神父到我家的礼拜堂里去吧;当着他的面前,在那座圣堂的屋顶下,你要向我充分证明你的忠诚,好让我小气的、多疑的心安定下来。他可以保守秘密,直到你愿意宣布出来按照着我的身份的婚礼将在什么时候举行。你说怎样?

西巴斯辛　我愿意跟你们两位前往;

　　　　　立过的盟誓永没有欺罔。

奥丽维娅　走吧,神父;但愿天公作美,

　　　　　一片阳光照着我们酣醉!(同下。)

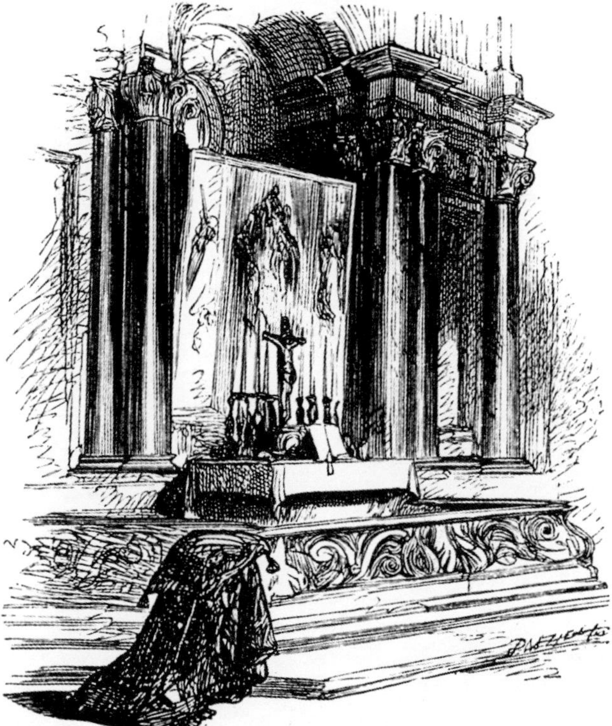

第 五 幕

第一场　奥丽维娅宅前街道

小丑及费边上。

费　边　看在咱们交情的分上，让我瞧一瞧他的信吧。

小　丑　好费边先生，允许我一个请求。

费　边　尽管说吧。

小　丑　别向我要这封信看。

费　边　这就是说，把一条狗给了人，要求的代价是，再把那条狗要还。

公爵、薇奥拉、丘里奥及侍从等上。

公　爵　朋友们,你们是奥丽维娅小姐府中的人吗?

小　丑　是的,殿下;我们是附属于她的一两件零星小物。

公　爵　我认识你;你好吗,我的好朋友?

小　丑　不瞒您说,殿下,我的仇敌使我好些,我的朋友使我坏些。

公　爵　恰恰相反,你的朋友使你好些。

小　丑　不,殿下,坏些。

公　爵　为什么呢?

小　丑　呃,殿下,他们称赞我,把我当作驴子一样愚弄;可是我的仇敌却坦白地告诉我说我是一头驴子;因此,殿下,多亏我的仇敌我才能明白我自己,我的朋友却把我欺骗了;因此,结论就像接吻一样,说四声"不"就等于说两声"请",这样一来,当然是朋友使我坏些,仇敌使我好些了。

公　爵　啊,这说得好极了!

小　丑　凭良心说,殿下,这一点不好;虽然您愿意做我的朋友。

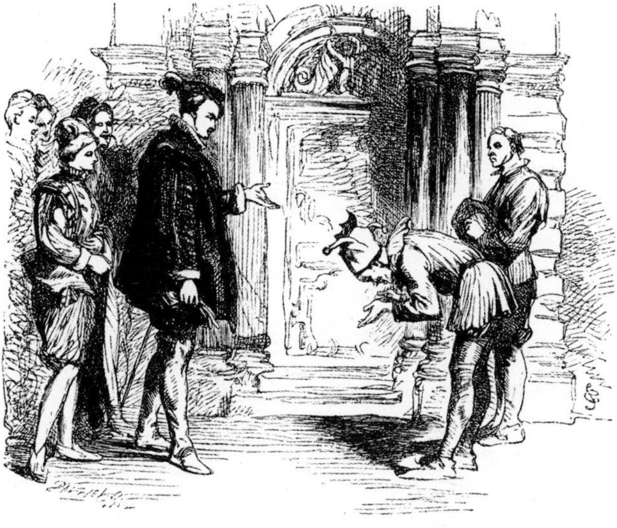

第 十 二 夜

公　爵　我不会使你坏些;这儿是钱。

小　丑　倘不是恐怕犯了骗人钱财的罪名,殿下,我倒希望您把它再加一倍。

公　爵　啊,你给我出的好主意。

小　丑　把您的慷慨的手伸进您的袋里去,殿下;只这一次,不要犹疑吧。

公　爵　好吧,我姑且来一次罪上加罪,拿去。

小　丑　掷骰子有幺二三;古话说,"一不做,二不休,三回才算数";跳舞要用三拍子;您只要听圣班纳特教堂的钟声好了,殿下——一,二,三。

公　爵　你这回可骗不动我的钱了。要是你愿意去对你小姐说我在这儿要见她说话,同着她到这儿来,那么也许会再唤醒我的慷慨来的。

小　丑　好吧,殿下,给您的慷慨唱个安眠歌,等着我回来吧。我去了,殿下;可是我希望您明白我的要钱并不是贪财。好吧,殿下,就照您的话,让您的慷慨打个盹儿,我等一会儿再来叫醒他吧。(下。)

薇奥拉　殿下,这儿来的人就是打救了我的。

安东尼奥及警吏上。

公　爵　他那张脸我记得很清楚;可是上次我见他的时候,他脸上涂得黑黑的,就像烽烟里的乌尔冈一样。他是一只吃水量和体积都很小的舰上的舰长,可是却使我们舰队中最好的船只大遭损失,就是心怀嫉恨的、给他打败的人也不得不佩服他。为了什么事?

警　吏　启禀殿下,这就是在坎迪地方把"凤凰号"和它的货物劫了去的安东尼奥;也就是在"猛虎号"上把您的侄公子泰特斯削去了腿的那人。我们在这儿的街道上看见他穷极无赖,在跟人家打架,因此抓了来了。

薇奥拉　殿下,他曾经拔刀相助,帮过我忙,可是后来却对我说了一番奇怪的话,似乎发了疯似的。

公　爵　好一个海盗!在水上行窃的贼徒!你怎么敢凭着你的愚勇,投身到被你用血肉和巨量的代价结下冤仇的人们的手里呢?

安东尼奥　尊贵的奥西诺,请许我洗刷去您给我的称呼;安东尼奥从来不曾做过海盗或贼徒,虽然我有充分

第十二夜

的理由和原因承认我是奥西诺的敌人。一种魔法把我吸引到这儿来。在您身边的那个最没有良心的孩子,是我从汹涌的怒海的吞噬中救了出来的,否则他已经毫无希望了。我给了他生命,又把我的友情无条件地完全给了他;为了他的缘故,纯粹出于爱心,我冒着危险出现在这个敌对的城里,见他给人包围了,就拔剑相助;可是我遭了逮捕,他的狡恶的心肠因恐我连累他受罪,便假装不认识我,一霎眼就像已经暌违了二十年似的,甚至于我在半点钟前给他任意使用的我自己的钱袋,也不肯还给我。

薇奥拉　怎么会有这种事呢?

公　爵　他在什么时候到这城里来的?

安东尼奥　今天,殿下;三个月来,我们朝朝夜夜都在一起,不曾有一分钟分离过。

　　　　　奥丽维娅及侍从等上。

公　爵　这里来的是伯爵小姐,天神降临人世了!——可是你这家伙,完全在说疯话;这孩子已经侍候我三个月了。那种话等会儿再说吧。把他带到一旁去。

奥丽维娅　殿下有什么下示？除了断难遵命的一件事之外，凡是奥丽维娅力量所能及的，一定愿意效劳。——西萨里奥，你失了我的约啦。

薇奥拉　小姐！

公　爵　温柔的奥丽维娅！——

奥丽维娅　你怎么说，西萨里奥？——殿下——

薇奥拉　我的主人要跟您说话；地位关系我不能开口。

奥丽维娅　殿下，要是您说的仍旧是那么一套，我可已经听厌了，就像奏过音乐以后的叫号一样令人不耐。

公　爵　仍旧是那么残酷吗？

奥丽维娅　仍旧是那么坚定，殿下。

公　爵　什么，坚定得不肯改变一下你的乖僻吗？你这无礼的女郎！向着你的无情的不仁的祭坛，我的灵魂已经用无比的虔诚吐露出最忠心的献礼。我还有什么办法呢？

奥丽维娅　办法就请殿下自己斟酌吧。

公　爵　假如我狠得起那么一条心，为什么我不可以像

第 十 二 夜

临死时的埃及大盗①一样,把我所爱的人杀死了呢?蛮性的嫉妒有时也带着几分高贵的气质。但是你听着我吧:既然你漠视我的诚意,我也有些知道谁在你的心中夺去了我的位置,你就继续做你的铁石心肠的暴君吧;可是你所爱着的这个宝贝,我当天发誓我曾经那样宠爱着他,我要把他从你的那双冷酷的眼睛里除去,免得他傲视他的主人。来,孩子,跟我来。我的恶念已经成熟:

  我要牺牲我钟爱的羔羊,

  白鸽的外貌乌鸦的心肠。(走。)

薇奥拉　我甘心愿受一千次死罪,

  只要您的心里得到安慰。(随行。)

奥丽维娅　西萨里奥到哪儿去?

薇奥拉　追随我所爱的人,

  我爱他甚于生命和眼睛,

  远过于对于妻子的爱情。

---

① 事见赫利俄多洛斯(Heliodorus)所著希腊浪漫故事《埃塞俄比亚人》(Ethiopica)。

Twelfth Night

愿上天鉴察我一片诚挚,

倘有虚谎我决不辞一死!

奥丽维娅　嗳哟,他厌弃了我!我受了欺骗了!

薇奥拉　谁把你欺骗?谁给你受气?

奥丽维娅　才不久你难道已经忘记?——请神父来。

(一侍从下。)

公　爵　(向薇奥拉)去吧!

奥丽维娅　到哪里去,殿下?西萨里奥,我的夫,别去!

公　爵　你的夫?

奥丽维娅　是的,我的夫;他能抵赖吗?

公　爵　她的夫,嘿?

薇奥拉　不,殿下,我不是。

奥丽维娅　唉!是你的卑怯的恐惧使你否认了自己的身份。不要害怕,西萨里奥;别放弃了你的地位。你知道你是什么人,要是承认了出来,你就跟你所害怕的人并肩相埒了。

牧师上。

奥丽维娅　啊,欢迎,神父!神父,我请你凭着你的可尊

第十二夜

敬的身份,到这里来宣布你所知道的关于这位少年和我之间不久以前的事情;虽然我们本来预备保守秘密,但现在不得不在时机未到之前公布了。

牧　师　一个永久相爱的盟约,已经由你们两人握手缔结,用神圣的吻证明,用戒指的交换确定了。这婚约的一切仪式,都由我主持作证;照我的表上所指示,距离现在我不过向我的坟墓走了两小时的行程。

公　爵　唉,你这骗人的小畜生!等你年纪一大了起来,你会是个怎样的人呢?

　　　　也许你过分早熟的奸诡,

　　　　反会害你自己身败名毁。

　　　　别了,你尽管和她论嫁娶;

　　　　可留心以后别和我相遇。

薇奥拉　殿下,我要声明——

奥丽维娅　不要发誓;

　　　　放大胆些,别亵渎了神祇!

安德鲁·艾古契克爵士头破血流上。

安德鲁　看在上帝的分上,叫个外科医生来吧!立刻去请一个来瞧瞧托比爵士。

奥丽维娅　什么事？

安德鲁　他把我的头给打破了，托比爵士也给他弄得满头是血。看在上帝的分上，救救命吧！谁要是给我四十镑钱，我也宁愿回到家里去。

奥丽维娅　谁干了这种事，安德鲁爵士？

安德鲁　公爵的跟班名叫西萨里奥的。我们把他当作一个孱头，哪晓得他简直是个魔鬼。

公爵　我的跟班西萨里奥？

安德鲁　他妈的！他就在这儿。你无缘无故敲破我的头！我不过是给托比爵士怂恿了才动手的。

薇奥拉　你为什么对我说这种话呢？我没有伤害你呀。你自己无缘无故向我拔剑；可是我对你很客气，并没有伤害你。

安德鲁　假如一颗血淋淋的头可以算得是伤害的话，你已经把我伤害了；我想你以为满头是血，是算不了一回事的。托比爵士一跷一拐地来了——

　　　托比·培尔契爵士由小丑搀扶醉步上。

第 十 二 夜

安德鲁　你等着瞧吧;如果他刚才不是喝醉了,你一定会尝到他的厉害手段。

公　爵　怎么,老兄!你怎么啦?

托　比　有什么关系?他把我打坏了,还有什么别的说的?傻瓜,你有没有看见狄克医生,傻瓜?

小　丑　喔!他在一个钟头之前喝醉了,托比老爷;他的眼睛在早上八点钟就昏花了。

托　比　那么他便是个踱着八字步的混蛋。我顶讨厌酒鬼。

奥丽维娅　把他带走!谁把他们弄成这样子的?

安德鲁　我来扶着您吧,托比爵士;咱们一块儿裹伤口去。

托　比　你来扶着我?蠢驴,傻瓜,混蛋,瘦脸的混蛋,笨鹅!

奥丽维娅　招呼他上床去,好好看顾一下他的伤口。(小丑、费边、托比、安德鲁同下。)

　　　　西巴斯辛上。

西巴斯辛　小姐,我很抱歉伤了令亲;可是即使他是我的

Twelfth Night

同胞兄弟,为了自卫起见我也只好出此手段。您用那样冷淡的眼光瞧着我,我知道我一定冒犯了您了;原谅我吧,好人,看在不久以前我们彼此立下的盟誓分上。

公　爵　一样的面孔,一样的声音,一样的装束,化成了两个身体;一副天然的幻镜,真实和虚妄的对照!

西巴斯辛　安东尼奥!啊,我的亲爱的安东尼奥!自从我不见了你之后,我的时间过得多么痛苦啊!

安东尼奥　你是西巴斯辛吗?

西巴斯辛　难道你不相信是我吗,安东尼奥?

安东尼奥　你怎么会分身呢?把一只苹果切成两半,也不会比这两人更为相像。哪一个是西巴斯辛?

奥丽维娅　真奇怪呀!

西巴斯辛　那边站着的是我吗?我从来不曾有过一个兄弟;我又不是一尊无所不在的神明。我只有一个妹妹,但已经被盲目的波涛卷去了。对不住,请问你我之间有什么关系?你是哪一国人?叫什么名字?谁是你的父母?

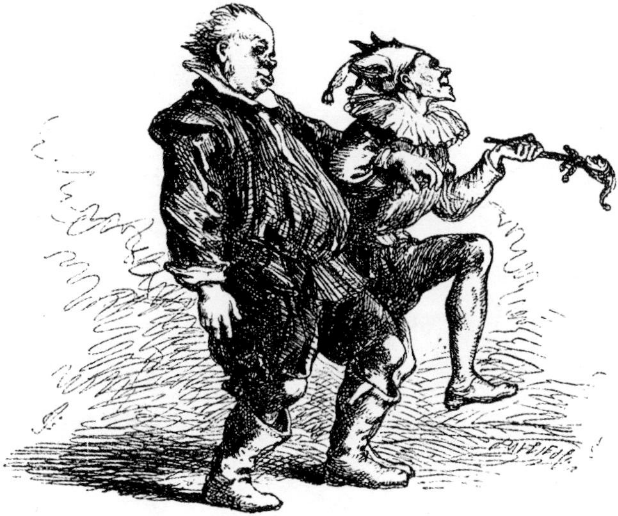

第十二夜

薇奥拉　我是梅萨林人。西巴斯辛是我的父亲；我的哥哥也是一个像你一样的西巴斯辛，他葬身于海洋中的时候也穿着像你一样的衣服。要是灵魂能够照着在生时的形状和服饰出现，那么你是来吓我们的。

西巴斯辛　我的确是一个灵魂；可是还没有脱离我的生而具有的物质的皮囊。你的一切都能符合，只要你是个女人，我一定会让我的眼泪滴在你的脸上，而说："大大地欢迎，溺死了的薇奥拉！"

薇奥拉　我的父亲额角上有一颗黑痣。

西巴斯辛　我的父亲也有。

薇奥拉　他死的时候薇奥拉才十三岁。

西巴斯辛　唉！那记忆还鲜明地留在我的灵魂里。他的确在我妹妹刚满十三岁的时候完毕了他人世的任务。

薇奥拉　假如只是我这一身僭妄的男装阻碍了我们彼此的欢欣，那么等一切关于地点、时间、遭遇的枝节完全衔接，证明我确是薇奥拉之后，再拥抱我吧。我可以叫一个在这城中的船长来为我证明，我的女衣便是寄放在他那里的；多亏他的帮忙，我才侥幸保全了生命，能够来侍候这位尊贵的公爵。此后我便一直奔走于这位小姐和这位贵人之间。

西巴斯辛　（向奥丽维娅）小姐；原来您是弄错了；但那也是心理上的自然的倾向。您本来要跟一个女孩子订婚；可是拿我的生命起誓，您的希望并没有落空。您现在同时是一个女人和一个男人的未婚妻了。

公　爵　不要惊骇；他的血统也很高贵。要是这回事情果然是真，看来似乎不是一面骗人的镜子，那么在这番最幸运的覆舟里我也要沾点儿光。（向薇奥拉）孩子，你曾经向我说过一千次决不会像爱我一样爱着一个女人。

薇奥拉　那一切的话我愿意再发誓证明；那一切的誓我都要坚守在心中，就像分隔昼夜的天球中蕴藏着的烈火一样。

公　爵　把你的手给我；让我瞧你穿了女人的衣服是怎么样子。

薇奥拉　把我带上岸来的船长那里存放着我的女服；可

第十二夜

是他现在跟这儿小姐府上的管家马伏里奥有点讼事,被拘留起来了。

奥丽维娅　一定要他把他放出来。去叫马伏里奥来。——唉。我现在记起来了,他们说,可怜的人,他的神经病很厉害呢。因为我自己在大发其疯,所以把他的疯病完全忘记了。

小丑持信及费边上。

奥丽维娅　他怎样啦,小子?

小　丑　启禀小姐,他总算很尽力抵挡着魔鬼。他写了一封信给您。我本该今天早上就给您的;可是疯人的信不比福音,送没送到都没甚关系。

奥丽维娅　拆开来读给我听。

小　丑　傻子要念疯子的话了,请你们洗耳恭听。(读)"凭着上帝的名义,小姐——"

奥丽维娅　怎么!你疯了吗?

小　丑　不,小姐,我在读疯话呢。您小姐既然要我读这种东西,那么您就得准许我疯声疯气地读。

奥丽维娅　请你读得清楚一些。

小　　丑　　我正是在这样做,小姐;可是他的话怎么清楚,我就只能怎么读。所以,我的好公主,请您还是全神贯注,留意倾听吧。

奥丽维娅　　(向费边)喂,还是你读吧。

费　　边　　(读)"凭着上帝的名义,小姐,您屈待了我;全世界都要知道这回事。虽然您已经把我幽闭在黑暗里,叫您的醉酒的令叔看管我,可是我的头脑跟您小姐一样清楚呢。您自己骗我打扮成那个样子,您的信还在我手里;我很可以用它来证明我自己的无辜,可是您的脸上却不好看哩。随您把我怎么看待吧。因为冤枉难明,不得不暂时僭越了奴仆的身份,请您原谅。被虐待的马伏里奥上。"

奥丽维娅　　这封信是他写的吗?

小　　丑　　是的,小姐。

公　　爵　　这倒不像是个疯子的话哩。

奥丽维娅　　去把他放出来,费边;带他到这儿来。(费边下)殿下,等您把这一切再好好考虑一下之后,如果您不嫌弃,肯认我作一个亲戚,而不是妻子,那么同

第十二夜

一天将庆祝我们两家的婚礼,地点就在我家,费用也由我来承担。

公　爵　小姐,多蒙厚意,敢不领情。(向薇奥拉)你的主人解除了你的职务了。你事主多么勤劳,全然不顾那种职务多么不适于你的娇弱的身份和优雅的教养;你既然一直把我称作主人,从此以后,你便是你主人的主妇了。握着我的手吧。

奥丽维娅　你是我的妹妹了!

费边偕马伏里奥重上。

公　爵　这便是那个疯子吗?

奥丽维娅　是的,殿下,就是他。——怎样,马伏里奥!

马伏里奥　小姐,您屈待了我,大大地屈待了我!

奥丽维娅　我屈待了你吗,马伏里奥? 没有的事。

马伏里奥　小姐,您屈待了我。请您瞧这封信。您能抵赖说那不是您写的吗? 您能写几笔跟这不同的字,几句跟这不同的句子吗? 您能说这不是您的图章,不是您的大作吗? 您可不能否认。好,那么承认了吧;凭着您的贞洁告诉我:为什么您向我表示这种露骨的恩意,盼咐我见您的时候脸带笑容,扎着十字交叉的袜带,穿着黄袜子,对托比大人和底下人要皱眉头?我满心怀着希望,一切服从您,您怎么要把我关起来,禁锢在暗室里,叫牧师来看我,给人当作闻所未闻的大傻瓜愚弄?告诉我为什么?

奥丽维娅　唉!马伏里奥,这不是我写的,虽然我承认很像我的笔迹;但这一定是玛利娅写的。现在我记起来了,第一个告诉我你发疯了的就是她;那时你便一路带笑而来,打扮和动作的样子就跟信里所说的一样。你别恼吧;这场诡计未免太恶作剧,等我们调查明白原因和主谋的人之后,你可以自己兼作原告和审判官来判断这件案子。

费　边　好小姐,听我说,不要让争闹和口角来打断了当前这个使我惊喜交加的好时光。我希望您不会见怪,我坦白地承认是我跟托比老爷因为看不上眼这个马伏里奥的顽固无礼,才想出这个计策来。因为托比老爷央求不过,玛利娅才写了这封信;为了酬劳她,他已经跟她结了婚了。假如把两方所受到的难

第十二夜

堪衡情酌理地判断起来,那么这种恶作剧的戏谑可供一笑,也不必计较了吧。

奥丽维娅　唉,可怜的傻子,他们太把你欺侮了!

小　　丑　嘿,"有的人是生来的富贵,有的人是挣来的富贵,有的人是送上来的富贵。"这本戏文里我也是一个角色呢,大爷;托巴斯师傅就是我,大爷;但这没有什么相干。"凭着上帝起誓,傻子,我没有疯。"可是您记得吗?"小姐,您为什么要对这么一个没头脑的混蛋发笑?您要是不笑,他就开不了口啦。"六十年风水轮流转,您也遭了报应了。

马伏里奥　我一定要出这一口气,你们这批东西一个都不放过。(下。)

奥丽维娅　他给人欺侮得太不成话了。

公　　爵　追他回来,跟他讲个和;他还不曾把那船长的事告诉我们哩。等我们知道了以后,假如时辰吉利,我们便可以举行郑重的结合的典礼。贤妹,我们现在还不会离开这儿。西萨里奥,来吧;当你还是一个男人的时候,你便是西萨里奥——

等你换过了别样的衣裙,

你才是奥西诺心上情人。(除小丑外均下。)

歌

小　丑

当初我是个小儿郎,

　　嗨,呵,一阵雨儿一阵风;

做了傻事毫不思量,

　　朝朝雨雨呀又风风。

年纪长大啦不学好,

　　嗨,呵,一阵雨儿一阵风;

闭门羹到处吃个饱,

　　朝朝雨雨呀又风风。

娶了老婆,唉!要照顾,

　　嗨,呵,一阵雨儿一阵风;

法螺医不了肚子饿,

　　朝朝雨雨呀又风风。

第十二夜

一壶老酒往头里灌,
　嗨,呵,一阵雨儿一阵风;
掀开了被窝三不管,
　朝朝雨雨呀又风风。

开天辟地有几多年,
　嗨,呵,一阵雨儿一阵风;
咱们的戏文早完篇,
　愿诸君欢喜笑融融!(下。)